書物の宮殿

Le palais des livres

書物の宮殿

ロジェ・グルニエ
Roger Grenier

宮下志朗 訳
Shiro Miyashita

岩波書店

First published 2011 by Éditions Gallimard, Paris.
This Japanese edition published 2017
by Iwanami Shoten, Publishers, Tokyo
by arrangement with
Éditions Gallimard, Paris
through le Bureau des Copyrights Français, Tokyo.

Cet ouvrage a bénéficié du soutien des Programmes d'aide à la publication de l'Institut français.
本書はアンスティチュ・フランセ・パリ本部の出版助成金プログラムの助成を受けています.

目次

「詩人たちの国」*

犯罪とは「行為におよぶこと」である。けれども、「三面記事」は新聞・雑誌、ラジオ、テレビによる犯罪の報告であって、行為を物語（レシ）や発話（パロール）にしてしまう。

これが厄介なことになる。三面記事の消費者は、始まりと、真ん中と、終わりがあるストーリーを求めている。犯罪が事実であるだけに、虚構に似てはいても、いっそう刺激的な、ちょっとした小説を欲しているのだ。だが、現実なるものが、こうしたみごとなロジックを伴って出現することなどめったにない。一般的に、その長期にわたるドラマが、いつ始まったのかは知りようがないし、ドラマの主役や目撃者たちの話に、なにがしかの一貫性を見出そうとしても無理がある。こうした不明瞭さは、事実に由来するわけではなく、動機とか、物の考え方なども曖昧模糊としている。「白痴が物語る、響きと怒りに満ちたストーリー」*という、シェイクスピア＝フォークナー的な紋切り型が、これほどぴったり当てはまるものもないのだ。それでも、やはり報道する側は、かっちりとした語りを作り上げて、「いつ、どこで、だれが、なにを、なぜ？」というお定まりの五つの疑問に答えようとする。

オイディプスの犯罪に対するフロイトの接し方もまったくこれと変わらない。彼はかなり込み入った物語を単純化して、整理しているというか、「彼なりの」整理をおこなっている。というのも、もう少し物語の時間をさかのぼるならば、そもそもライオス王というのは、怪しげな経歴の持ち主なのだ。ライオスはテーバイから追放されて、エリス地方〔ペロポネソス半島北西部〕のピーサのペロプス王の宮廷に亡命していた。そしてテーバイに戻れることになると、ペロプス王の庶子クリュシッポスを連れ去った。ということは、ライオスは同性愛者ではないか！　彼こそは少年愛の元祖だという説もある。そしてテーバイの人々は、ライオスを記念して、青年とその恋人で構成された「神聖隊〔ヒエロス・ロコス〕」と呼ばれる同性愛者の連隊を維持したのである。クリュシッポスは、おのれを恥じて自殺したといわれる。けれども、別の説によれば、ペロプス王の妻ヒッポダメイアがテーバイに行って、クリュシッポスを殺したとも伝えられる。なぜだろうか？　王位継承問題がかかわっていると思われる。おまけに彼女は、ペロプス王とのあいだにもうけたアトレウスとテュエステスという二人の嫡子に、この殺人を犯させようとしたという。しかしながら、二人はこれを拒んだらしい。そこである晩、ヒッポダメイアは、クリュシッポスがライオスとしとねを共にしている寝所に忍びこむと、クリュシッポスの腹に剣を突き刺したという。どうやら、ライオスに殺人の疑いがかかったらしいのだが、さいわいなことに虫の息のクリュシッポスが、いまわの際に犯人の名前を明らかにしたのだ。もっとも、すぐさま明らかにしたというわけでもないらしい。アトレウスが事件に加担したことは立証されなかった。というのも彼は、一目散にミュケナイに逃れてしまったのだ。またペロプス王自身も、驚くなかれ、彼を愛したポセイドンがプレゼントしたとかいう有翼の戦車のおかげで、ヒッポダメイアの父親オイノマオスとの競争に勝利を収めて、王座とヒッポダメイアをともに手に入れたというではないか。では、イオカステはどうだろうか？　扼殺女ヘラの巫女であったイオカステは、カドモスがドラゴンの歯を地上にまいた後で、生まれてきた戦士（「スパルトイ（まかれた者）」と呼ばれる）の一人メノケウスを父として、その父ともめたではないか。老いたメノケウスは、予言者テイレシアスが指名したのはオイディプスではなく、自分のことだと信じていた。そして、テーバイの城壁の上から身を投げてわが身を捧げた（オイディプスも、カドモスによる「スパルトイ」ではあるが、第三世代にすぎない）。そしてまた、オデュッセウスは、冥府下りのときに（『オデュッセイア』第一一歌）、なぜイオカステを訪ねたのか？　ホメロスは、このイオカステには、エピカステという別名を与えている。クリュメノスの妻のエピカステという女性がいて、近親相姦の話が入ってくる。クリュメノスは、娘のハルパリュケと交わり、子供を身ごもらせる。そしてハルパリュケは自分の弟でもある、この息子を殺して、料理すると父親クリュメノスにふるまったという。

こうした物語をもっと長く続けられなくもないけれど、すでに最後のあたりなど、はたしてどうなっているのか、なにがなにやらさっぱりわからない。三面記事の物語は、はたしてどこから始まるというのか？　三面記事は、この錯綜した過去のどこに、そのルーツを有するのか？　かっちりとまとめられた、基本的な因果関係のルールにしたがった物語（レシ）に整え直さなければいけないとしても、これほどの矛盾から、いかにして抜け出せばいいのか？

ベテランの報道局長から聞いたところでは、記事の種類に応じて、一連の質問のパターンや、紋切り型のアウトラインがあり、犯罪、火事、列車の脱線で、それぞれ決まっているという。となれば、すべての回答が揃わないうちに、戻ってきた記者こそみじめだ。建物の管理人の年齢をメモするのを忘れたせいで、彼は遠い郊外へと、ただちに舞い戻らなければならなかったのである。

実際のところ、そうした新聞記事や犯罪報道は、文学のようなプロセスを踏んでいる。その書き手は、一件落着の物語を語ることで、世界を整理整頓しているのだ。ポール・ヴァレリーは、犯罪を特定の時間のなかに囲い込むのは不可能だとして、こう述べている。「犯罪とは、犯罪の瞬間のうちにはないし、その少し前にもない。行為とはかけ離れた、はるか以前の精神状態のうちに存在するのであって、それが、取るに足りない思いつきとか、つかの間の衝動——あるいは倦怠感——に対する治療法として、勝手に進行したのだ。しかも、区別なしに、あらゆる可能性を考慮するという知的な習慣によることが多い。」(『テル・ケル』)

ヴァレリーはまた、「犯罪なるものは夢想に似ている。なされることを望んでいる犯罪は、犠牲者、状況、口実、機会など、必要なものすべてを生み出す」(同前)のだとも書いている。

文学とは、その自負にもかかわらず、還元的なものだ。ソポクレスが伝え、フロイトが活用したオイディプスの悲劇は、ルポルタージュ風に書かれている。それはまず、もっとも強烈なこと、ジャーナリズム用語を使うならば、「ヘッドコピー」で始められる。すなわち、疫病に苦しんでいるテーバイが、オイディプスに救いを求めることから始まるのだ。

ギリシア神話から今日の三面記事に至るまで、その精神に変化はなく、その表現方法が進化しただけなのだ。ブロンクスやブルックリンの歩道に横たわり、射殺されたギャングたちを夜な夜な撮影しまくった、ニューヨークの写真家ウィージーは、絵画と見まごうばかりの明暗法を駆使して、はっと驚くような一コマを見せてくれる。彼はレンブラントの手法を借りることだって、ためらいはしない*！

三面記事は、新聞・雑誌やラジオで発展したのちに、ごく自然にテレビにも広がっていく――最初は遠慮がちに、それから厚かましく。かくして三面記事は、テレビのニュース番組に入りこむと、権力を怒らせかねないテーマは扱わせないようにした。特別番組でも、犯罪特集が急増する。しかしながら、茫然とさせる犯罪を背景にして、登場人物たちの平凡さ、みにくさ、おろかさを見せるという、生(なま)のままの映像は、物語(レシ)になりにくい。そこで、たいていの場合、レポーターはさして苦労することなく、リアリティを整えて、これを全体としてまとまりのあるものとすることで、人々がいだく疑問に答えるようにするのだ。ケネディ大統領の死が生中継で報じられたのち、今度は、ジャック・ルビーによるオズワルドの殺害が、これまたライブ映像で、たぶんテレビ視聴者もそこまでは求めていなかったほど、何十回となく繰り返して放映された。とはいえ、こうした映像は、まったく解明されてはいないこの陰謀に対して、いささかの光明ももたらしてはくれなかった。物理的な真実により近づくほど、テレビは意味から遠ざかるのである。

報道カメラマンのレーモン・ドパルドン*は、もう一段階ことを進めて、とある警察署のドキュメンタリー映画を撮影するときに、まさしくフィクションの映画監督としてふるまっている。特筆すべきは、その物語(レシ)を整えるべく、彼が時間を用いたことだ。時間的経過を活用する手法のおかげで、たとえば、実にありふれた、ノーマルな様子で警察に訴えてきたひとりの女性が、完全に精神に異常を来していることが、少しずつあらわになるのである。

ジャーナリズムは、正義や多数派の人々に同調する。多くの人々が、人間とは首尾一貫した存在であって、たとえ罪のある行為をおこなったとしても、そこにはきちんとした筋道があるはずだと思っている。人々は、激情にかられて犯されたことの軽重を、理性という天秤ではかるのである。三面記事の悲しいヒーローを、彼自身と合致させよう、彼の起こした事件の合理的なヴァージョンを作り上げようとして、必死になる。彼らは、「親殺しの感情」*を理解しようと努力して、アンリ・ヴァン・ブラランベルグという優しい息子が、どうしてまた母親を殺すなどという激情に駆られてしまったのかを、むなしく自問したプルーストと同じといえる。

わたしは逆に、犯罪をなによりもまず無意識のうちに位置づけたポール・ヴァレリーの考え方に近い。

ところで、『トレゾール仏語辞典』によれば、「fait divers〔三面記事〕」という表現の初出は一八五九年で、ポンソン・デュ・テラーユ『ロカンボール』〔一世を風靡した、犯罪物の連載小説〕の第五巻に見つかるという。またスタンダールが、一八二九年の『ローマ散歩』で、「reporter〔報道記者〕」という英語を採用している。「ルポルタージュ」ということばは、一八六五年以降、使われるようになったらしい。ちなみにイタリア語では、「三面記事」は「cronaca nera〔黒い記事〕」と呼ばれる。そうした記事が、われわれが飢えているところの、むごたらしい分け前を、毎日運んでくれる。ボードレールもプルーストも、この日々の快楽について語っている。

ボードレールはこう述べている。「いつの日、いつの月、いつの年といわず、いかなる新聞に目を通しても、一行ごとに、人間のこの上なく物凄い邪(よこしま)さのさまざまな徴候と同時に、廉直さ、親切、隣人愛に関するきわめて驚くべき自慢話や、進歩および文明に関する最も鉄面皮な断言を見出さないことは不可能だ。いかなる新聞も、最初の一行から最後の一行まで、ぞっとするような事どものつづれ織りでしかない。戦争、犯罪、盗み、淫行、拷問、君主たちの犯罪、諸国民の犯罪、個人の犯罪、普遍的な残虐の陶酔だ。そしてこの胸の悪くなるような食欲増進剤(アペリチフ)を、文明人は毎朝の食事に添えるのだ。あらゆるものが、この世では、犯罪の汗を滲(にじ)ませている、新聞も、壁も、人の顔も。純潔な手が嫌悪の痙攣をおこさず新聞に触れ得ることが、私には理解できない。*」

そしてプルーストは、ボードレールの詩を一行引いてから、こう書くのだ。「その前に私は《フィガロ》紙にざっと目を通して、この新聞を読むという忌まわしくもまた官能的な行為にとりかかろうと思った。……今やわれわれを地球上のすべての悲惨から引き離しているのは、《フィガロ》紙の千切れ易い帯封だけであったが、それがけだるい仕草で破られるや否や、そして多くの人びとの苦悩が「要素としてこめられている」センセーショナルなニュース、じきにわれわれが大喜びで、まだ新聞を読んでいない人たちに伝えることになるこのセンセーショナルなニュースが、まず目にとびこんで来るや否や、われわれは不意に自分が生活に結びつけられていることを感じて浮き浮きとするのであるが、目ざめの最初の瞬間にはその生活を再びとらえることなどまるで無用なことに見えていたのだった。*」

三面記事とは、ひとつの芸術とみなされた殺人なのである。新聞読者の一人ひとりが、ド・クインシー（『芸術の一分野として見た殺人』）がいうところの「殺人玄人（くろうと）協会」の会員に似ている。残忍な事件の記事を読むと、「まるでそれが一枚のタブローとか、一個の彫像とか、あるいはなにか別の芸術作品であるかのごとく」、彼らはすぐにその批評をしたがる。すばらしい三面記事を賞味した人間は、刑法では処罰される殺人を擁護するようなところまでは行かないだけの慎重さは備えているものの、それでもこれは倒錯した快楽である。彼は共犯者ではなく、単なるのぞき魔なのだ。

三面記事には、犯罪者と犠牲者という二人の役者が必要だが、ド・クインシーが指摘したごとく、「殺す人と殺される人という間抜けな二人では」、なにもおもしろいことなど生じたためしがない。そこでド・クインシーは軽蔑を込めて、こうもいう。「老女など、新聞読者の多くは、流血事件ならばなんでも満足なのだ。けれども、敏感な人間は、さらにプラスアルファを求める。殺人者と犠牲者がいるならば、第三者のことも忘れてはいけない。これこそは不可欠の報告者にしてテラメーヌ*の再来、事件をみごとに物語ってくれるのだから。」（ちなみにド・クインシーは一八一八年から翌年にかけて、新聞の編集主幹をしていた。そして、《ウェストモーランド・ガゼット》紙に、殺人事件の記事や刑事裁判の報告を書きまくっていた。）

どうやら、われわれはもっぱら死に関心があるらしい。
フォークナーの小説『標識塔』〔一九三五年〕に登場する、幽霊のように名無しの報道記者は、自分で自分を説得するかのごとく、こう述べる。「さあ、がんばれ。おれたちは食わなきゃいけないし、連中は読まなきゃいけないんだ。万が一、不義密通やら、流血の惨事を発禁にしちまったら、おれたちみんなは、一体全体どこに行けばいいんだよ？」

彼は、みじめな曲芸飛行士のトリオの生き方を愛し、魅せられてもいる。編集長は、新聞を編集するにはシンクレア・ルイスも、ヘミングウェイも、チェーホフも不必要だ、なぜならば、新聞の読者が望んでいるのは小説などではなくて、情報なのだからと、彼に言い返す。だが、この記者には「大惨事に対する才能」があるのだから、編集長は必ずしも正しくはない。こうして彼が行くところ、事件が起こる。編集長が彼をどやしつけているとき、男二人と女一人からなる飛行士トリオは、たしかに報道の観点からするとおもしろくもなんともない。けれども、記者がトリオと関わると、たちまち、標識塔のところをターンする際、死亡事故が発生する。こうしてトリオは、この種のステレオタイプにしたがって、この上なくおあつらえ向きの三面記事のヒーローとなるのである。

ステレオタイプとは、言い得て妙ではないか。一九三六年に書いた評論でクロード・ロワ*は早くも、ラジオとか、《パリ・ソワール》紙のような新聞が絶対的な権力を持っていると不満を述べているのだけれど、そうしたメディアが、不道徳を広めると批判しているのではなく、われわれに選択を委ねることなく、画一的な背徳を世間に押しつけることを非難している。「国営ラジオや、映画の観客と同じく、《パリ・ソワール》紙の読者をおびやかしているのは、連中がいつもエロチシズムを行使していることだけではなく、さまざまな重大犯罪という豊かなパレットや、その多様な色合いのなかから、読者が、自分の性格や、気質や、嗜好に合致するような好みの程度を自由に選べないという事実なのである。」

読者は紋切り型が好きなのだ。三面記事の主役もまたしかりで、社会の敵、嫉妬深い女、狡猾なペテン師、アルセーヌ・ルパン気取りの怪盗と、たいていはよく知られた役柄をまねるのであって、そうした芝居がかった犯罪が、重罪裁判所の法廷で演じられる、法服姿のいかめしい芝居の主題となる日まで、それが続く。わたしはそうした連中が被告席から立ち上がって、「裁判官のみなさま、陪審員のみなさま」といった、決まり文句を朗々と響かせてから、大根役者を演じる姿を、しばしば見てきている。裁判長、検事、弁護士もまた、法服や発声法による効果が、彼らの第二の本性に、彼らの商売道具になっている。

新聞記者をしていたときに、通信社からのニュースだけを材料にして、夜中のあいだに三面記事を書くことがあった。たとえば、レントゲン技師の夫に五年前に捨てられて、その憎しみからか、あるいは愛情からか、それはともかくとして、元の夫を追いかけ回したあげくレストランで射殺するという、独占欲の強い女がいた。これはきわめてありふれた状況であるから、情報がたくさんある必要はなかった。もっとも月並みな心理状態を手がかりにして、読み手になにがしかの確信をいだいてもらうために、そこにわたしの個人的な悩みをこっそりと移し替え、反映させてでっち上げるのは、いとも簡単なことだった――これを「でっち上げる」と呼べればの話だが。そして、その後の捜査でこの事件の解明が進むにつれて、わたしがこの人殺しの女の気持ちや動機について最初の晩に想像していたことが、まちがっていないと明らかになった。この女は夫に対して、この上なくひどい仕打ちをしていた。いつも意地悪だった。しかし、意地悪な人間というのは、自分がそうであることがわからない。この女は、夫を引きとめられないのは自分のせいなのだということを認めようとせず、むしろ、夫を執拗にいじめ続け、追いかけ回すことを選んだ。そして猟銃で彼の頭部を撃ち飛ばしたとき、これでもう自分から逃げることはできないんだからと思ったのだ。彼は、いつまでも彼女の所有物なのだった。この記事で、わたしの功績などたいしたことはない。この女性殺人犯は、愛情と憎しみにおいて、さほどの独創性を発揮していないのだから。神話を出発点としてでっち上げることで、われわれはリアリティを見出すことができる。

犯罪事件の当事者というのは、ぱっとしない、知性も並以下の持ち主であることが多く――そうでなければ、捕まることもなく、問題を解決するために、殺しや盗み以外の方法を見つけたにちがいない――、自分が事件の主役に変貌したとわかると、まっさきに驚いて、感極まる。なにしろ、自分が「新聞に載っている」のである。田舎のレストランのウェイトレスが、通りで失神したことがあると、わたしに語ってくれた。助けられたものの、バッグの中に睡眠薬が見つかったという。すると、みんなは彼女が自殺しようと思っていたのだと決めつけて、このことを地元の新聞で活字にしたという。彼女は、まるで、なにかの映画を観ていて、自分がヒロイン役になっていてびっくりしたような気持ちだった、思わず身がすくんだという。

『特性のない男』のなかで、ムージルは殺人者モースブルッガー〔有名な快楽殺人鬼〕について、「彼の虚栄心は、裁判のうちに、人生の最高の瞬間を見ていた」と書いている。

メディアによって人格と行為が変容させられたのち、司法という巨大なマシーンによって解剖されて、そのいずこにも自分の内心なるものを認めることのできないままに、被告は、自分がなにやら超越的な存在に支配されているように感じるのだ。結審に際して、「わたしはわが身の上に神の手を感じるのだ!」と叫んだ、ドミトリ・カラマーゾフがまさにそれだ。

三面記事もまた、小説と同様に、読者が自分自身を理解することを助けるひとつの物語にほかならない。少なくともそうした記事は読者に対して、してはいけないことを、悪しき解決法とはいかなるものかを示すことができる。両者ともにではないとしても、相手か自分のどちらかが死ぬ以外に解決策がまったく存在しないような窮地に、彼らはどうして追いつめられてしまったのか? 人生という陥穽が、いかなる絶望の淵にわれわれを追いやり、がんじがらめにしてしまうものなのか? こうしたことを教えてくれる。

三面記事という卑しい物語ジャンルは、その一方で、文学やわれわれの世界観を変えるような方式にも従っている。かつては、くだらない三面記事は「ひき殺された犬」と呼ばれていたが、現在では、テレビの報道記者たちは、それらを「ゴミ箱の火事」と呼んでいる。犬からゴミ箱へ、生き物から無生物へという変り方に、わたしは、まさしくわれわれの時代における非人格化の典型を見たい気持ちに駆られる。

戦争直後の実存主義の時代だと、もっとも典型的な三面記事は、カミュの戯曲『誤解』*に着想を与えた事件だとわたしは思う。ホテルを経営している母親と娘が、宿泊客を殺しては金品を奪っている。そこに、長いこと外国で暮らしていた息子が、冗談半分で正体を隠して戻ってくる。母と娘は、彼を殺してしまうのだ。やがて真実が明らかになる。彼女たちは自殺する。ここには、心理的な痕跡は少しもなく、ただ、不条理な状況があるだけだ(そもそもカミュは、戯曲の場合、少なくとも作家としては、「心理」はどうでもいいと書いていて、心理はかっこ付きにしている)。

心理的な三面記事と、状況の三面記事を比較した場合、どうやら当時の守護神は後者に都合のいいような風を送っていたかに思われた。かつてナタリー・サロートは『不信の時代』*の冒頭で、わたしのこうした認識を引用してくれた。

「fait divers(犯罪事件)」という生(なま)の行為が、ジャーナリストのペンによって最初の加工を施されたあとで、さらに熟成されるという恩恵に浴することもある。昇華され、エッセンスを抽出されて、文学に入るのである。ロラン・バルトは『エセー・クリティック』(一九六四年)において、三面記事がいかに短篇小説と共通性を有するのかを明らかにした。両方とも、「状況、原因、過去、結末……」と、すべてが与えられているという。もっと議論を進めれば、三面記事は、短篇小説という文学ジャンルの起源と深く結びついているということもできる。一五五四年に、ロンバルディア地方のドミニコ会修道士であったマッテオ・バンデッロが『短篇集』を出版しているけれど、その題材はほとんどが、実際にあった事件から取られているし、犯罪や非業の死に着想を得ている。これがやがてフランスで模倣されて、一五五九年、ピエール・ボエスチュオが『悲劇的物語』という作品集を出すことになる。これは、一般的には短篇の元祖とされる、ボッカッチョの『デカメロン』やマルグリット・ド・ナヴァールの『エプタメロン』*の精神との断絶といえる。以後、短篇ジャンルは、陽気で軽やかな物語と、感情的・悲劇的な三面記事という二つの枝に分かれていく。一七世紀にもっとも成功を収めたのは、『当代の忘れがたい悲劇的物語。多くの人々の不幸で、痛ましい死を収めたもの』(一六一四年)という雄弁なタイトルが付けられた、フランソワ・ド・ロセの作品*であった。ここに収められた新たなスタイルの短篇はいずれも、「時事物」や、扇情的な新聞雑誌の祖型ともいえる「瓦版(カナール)」のうちに、豊富な題材を見出しているのだが、こうしたセンセーショナルなジャンルが売れたということは、この当時の読者も、われわれの時代の読者と似たり寄ったりなのであって、血と暴力に決してうんざりしていなかったことを想像させる。その少し後になって、《メルキュール・ギャラン》誌(一六七二年創刊)が、三面記事の詳報と、『デカメロン』『エプタメロン』の流れを汲む短篇の掲載を売りにして、成功を収めることになる。

一七世紀になると、ジャーナリズムは三面記事を活用する驚くべき方法も考え出す。それは多少ともこっけいな韻文で三面記事を語ることである。韻を踏んだこの三面記事は、最初は、少数の豊かなパトロン――男の場合もあれば、女の場合もあった――のために創作された。だがやがて、それらは毎週印刷されて、一般読者にも手が届くものとなっていく。スカロン、ジャン・ロレ、シャルル・ロビネ、ラ・グラヴェット・ド・マヨラ、シュブリニーなどが、もっともよく知られた作者である。一例を挙げておこう。

先日、ひとりの百姓女が
ロバにまたがり、そこから
家のあるモンモランシーまで
帰るときのことらしい。
五人の悪人と出くわした女、
品物を売りはしたものの、
まずはお金を奪われた。
ところが、女が若くて、まあまあなので、
連中はよこしまな気持ちを起こし、
あわれ彼女を手込めにしてしまったとさ……

日本では一八世紀に、近松門左衛門の多くの芝居*が、実際に起きた事件を題材にしているが、驚くべきは、事件からほんの数週間で、芝居が書かれていることだ。それにしても、作家たちが、どれほど実際の事件に題材を借りているのか、数え上げていたらきりがない。ノルマンディーのリ村で死んで埋葬された、旧姓クーテュリエ、デルフィーヌ・ドラマール*の悲劇が、エンマ・ボヴァリーの自殺にヒントを与えたことを考えてみるだけで十分であろう。われわれ読者は、それ以外のなにを求めているのだろうか？　ダンテとかいっても、嫉妬深い夫によって、恋人といっしょに殺されたフランチェスカ・ダ・リミニしか知らない人間がどれほど多いことか。（フランチェスカとパオロが、アーサー王の妻グニエーヴルとランスロットの恋の物語が書かれた書物のせいで、不倫に至ったことに注意しよう*。つまり三面記事というものは、もうひとつの三面記事に着想を与えるのだ。それが文学によって聖別される場合もあるし、さもなければ、大衆ジャーナリズムによって聖別されるのである。）この挿話が、センチメンタルな人々だけではなく、ダンテ学者たちからも、もっともコメントやら注釈がなされているのは偶然ではない。ダンテ学者にしても、結局のところ、おそらくはセンチメンタルな気持ちがあるのだ。一八九一年から一九〇〇年までの一〇年間だけでも、この「地獄篇第五歌」に関する研究が一〇〇以上にもなるというではないか。

　三面記事と文学とのこうした親近性は、新聞によっても理解できるというか、少なくとも、かいま見ることができる。《パリ・ソワール》紙は戦前、作家たち、それも好んでアカデミー・フランセーズの会員を大物特派員として起用することで、紙面の評価を高めようとしていた。ジェローム・ジャンのタロー兄弟も、そうした文学者だった。ところがこの兄弟は遅筆で有名だった。そこで、機敏な対応ができる本物のジャーナリストを協力者として付ける必要が生じた。そうした協力者のアンドレ・サルモンによると、パパン姉妹の裁判*を取材すべくル・マンに派遣されたタロー兄弟は、傍聴記の原稿を四日遅れで渡したという。

こうした三面記事をもっとも大量に消費したのが、おそらくはスタンダールなのである。彼は、《ピュブリシスト》、《ジュルナル・ド・パリ》、《ジュルナル・デュ・ソワール》といった新聞の三面記事をむさぼり読んだばかりか、これが健康法だとまで考えるようになる。小説『ラミエル』では、重病に冒された若い女性ラミエルのために、サンファン医師が《ガゼット・デ・トリビュノー（裁判新聞）》を定期購読してやる。すると、「半月も経たないうちに、彼女の異様なまでの青白さも和らいだかに思われた……」。そしてラミエルは最後にはヴァルベールという悪党に惚れて、共犯者となる。実は、このヴァルベールのモデルはラスネール*なのだ。

革命暦一二年収穫月（メシドール）二四日（一八〇四年七月一三日）、お気に入りの新聞を読んでから、スタンダールはこう書き留めている。「イタリアのジェノヴァ近郊で、オセロの悲劇のような実例が、また引き起こされた。嫉妬に駆られて、一五歳のたぐいまれな美少女を、その恋人が殺してしまう。そして逃亡し、手紙を二通書いた（この貴重な記念碑を、彼はプラーナ（トリノにいる友人）に託した）。やがて真夜中近くになって、父親の礼拝室に安置されている恋人の遺体の近くまで戻ってくると、恋人を殺したのと同じく、ピストルで自殺した。

〈このできごとの真実を突きとめること〉」(『日記』)

そしてスタンダールは、「甘美なるイタリアが、もっとも詩人たちの国であることを感じさせてくれるということが、ますます立証されるようなことではないか」(同前)と、奇妙な結論を付け加えている。

『赤と黒』は、アントワーヌ・ベルテの犯罪*からヒントを得ている。昔の犯罪を書き写させて、『イタリア年代記』で活用しているし、『パルムの僧院』の出発点も、『ファルネーゼ家興隆の起源』という古文書だった。たとえばバイアーノ修道院の悲劇など、おぞましい物語の数々が、スタンダールに、「人間の心に関する、非の打ちどころのない資料」を、確かなものとして提供したのだ。処女作の『ハイドン、モーツァルト、メタスタージョ伝』以来*、彼がなにがしかの悲劇的な三面記事を読者にふるまわない作品はなかった。この処女作においては、ショロンとファヨール編の『音楽家歴史事典』から、一七世紀の歌手ストラデッラ(作曲家としても知られる)の悲恋の物語をなんの臆面もなく借用するに及んでいる。ストラデッラはヴェネツィアでローマの貴婦人オルタンシアを誘惑して連れ出すのだが、その後二人は、嫉妬深い夫が送った刺客に狙われて、波瀾万丈のできごとを繰り返しながら、はてしない逃避行を続けるのだ。殺し屋たちは最初、ローマのサン・ジョヴァンニ・イン・ラテラーノ教会では、歌手の美しい声に思わず涙して、二人を殺しはしない。だが、年月を経ても夫の復讐心が消えることはなく、ある日、ジェノヴァで刺し殺された二人の遺体が発見されることになる。スタンダールはこの三面記事が大のお気に入りで、『ロッシーニ伝』でもこれを借用して脚色しているほどだ。

『イタリア絵画史』『ローマ、ナポリ、フィレンツェ』にも三面記事が使われている。『ローマ散歩』も、それらであふれている。もっとも驚くべきは、このローマ案内のど真ん中に、なんとタルブ（フランス、ピレネー地方の都市）で始まった重罪裁判の長い報告が、にわかに出現するという事実だ。タルブで、バネール＝ド＝ビゴールの町のアドリアン・ラファルグという若者が、恋人殺しの罪で起訴されたのだ。興味満点の裁判であり、殺人者の男のほうが犠牲となった女性よりも感じのよい人間で、このため彼は懲役五年の刑で済んだのだった。法廷に引き立てられる前に、彼は集まった人々のほうを振り向くと、こう叫んだ。「タルブの町の善良かつ尊敬すべき住民のみなさん、みなさんがわたしに愛情を込めた関心を示してくださったことは、わたしも存じております。みなさんは、わたしの心のなかで生き続けることでしょう！」

スタンダール、いや、彼が書き写したところの司法担当記者は、「ラファルグは涙声になっていた。群衆は新たな拍手喝采でもって彼に応えると、彼のあとから殺到した」と付け加えている。

このラファルグ事件は、『赤と黒』でも二次資料として使われる。そして今度の舞台は、イタリアではなく、「詩人たちの国」フランスなのである。

つい、「詩人たちの国」という表現を採用したくなる。行為を夢想すると、別のだれかが思い切ってこれを実行に移し、それが警察まわりのしがない新聞記者のたどたどしい筆力によるものにすぎなくても、紙と印刷インクの形で、記念され、純化され、儀礼化されて、よみがえる。想像力にとっては、大きな跳躍台なのだ。ここにこそ、逆説が見られる。想像力の欠けた人間が犯した事件が、われわれの想像力を刺激してしまう。まさに三面記事のすべてが「詩人たちの国」にほかならないのである。

【訳注】

1頁 **「詩人たちの国」** スタンダール『日記』より。本章の結び(一八頁以下)のとおり。

1頁 **「白痴が物語る〜ストーリー」** cf. ";it is a tale／Told by an idiot, full of Sound and fury, ／Signifying nothing."(シェイクスピア『マクベス』Vの5、マクベスのせりふ)。フォークナーの傑作『響きと怒り』は、ここからタイトルをとっている。

5頁 **彼はレンブラントの手法を〜しない！** グルニエ『写真の秘密』「ひとつの芸術」宮下志朗訳、みすず書房、二〇一一年、六七―七二頁を参照。

5頁 **レーモン・ドパルドン** ジャーナリスト・写真家・映画監督(一九四二―)。「警察署のドキュメンタリー映画」とは「三面記事(Faits divers)」(一九八三年)のことであろう。

6頁 **「親殺しの感情」** プルースト「ある親殺しの感情」、『サント＝ブーヴに反論する』所収。

7頁 **いつの日〜理解できない** 『赤裸の心』四四、阿部良雄訳、『ボードレール全集Ⅵ』筑摩書房、一九九三年、七八頁。以下、ボードレールについては、『ボードレール全集』全六巻の阿部良雄訳を借用する。

7－8頁 **その前に私は〜見えていたのだった** プルースト「ある親殺しの感情」鈴木道彦訳、『プルースト全集15』筑摩書房、一九八六年、四二六頁。

8頁 **テラメーヌ** ラシーヌ『フェードル』で、イポリットの養育係。目撃者としてイポリットの死を、父親テゼーに報告する。

9頁 **クロード・ロワ** ジャーナリスト・詩人(一九一五―一九九七)。グルニエの親友で、「今日の詩人叢書」のクロード・ロワの巻はグルニエが担当している。

13頁　**カミュの戯曲『誤解』**　初演は一九四四年六月なので、グルニエの記憶ちがいであろう。

13頁　**『不信の時代』の冒頭**　一九五六年刊行の同書冒頭の「ドストエフスキーからカフカへ」で、グルニエの評論「三面記事の効用」に言及している。

14頁　**『デカメロン』〜『エプタメロン』**　『デカメロン』は一三四九―五一年頃の作、『エプタメロン』は作者没後の一五五九年に刊行。

14頁　**フランソワ・ド・ロセの作品**　そのうち二つの短篇は、平野隆文訳により、次の集成に収録されている。宮下志朗・伊藤進・平野隆文編『フランス・ルネサンス文学集2　笑いと涙と』白水社、二〇一六年。

15頁　**近松門左衛門の多くの芝居**　『曽根崎心中』や『心中天の網島』などの「世話物」のことであろう。

16頁　**デルフィーヌ・ドラマール**　一八二二―一八四八。『ボヴァリー夫人』の刊行は一八五七年。

16頁　**フランチェスカと〜注意しよう**　cf.「ある日私どもはつれづれに、ランスロットがどうして／愛にほだされたか、その物語を読んでおりました。／二人きりで別にやましい気持はございませんでした。／その読書の途中、何度か私どもの視線がからみあい、／そのたびに顔色が変わりましたが、／次の一節で私どもは負けたのでございます。／あの憧れの微笑みにあのすばらしい恋人が接吻る／あの条りを読みました時に、この人は、／私から永久に離れることのないこの人は、／うちふるえつつ私の口に接吻いたしました。」(『神曲』「地獄篇」第五歌、一二七―一三六行、平川祐弘訳、河出文庫、二〇〇八年)

17頁　**パパン姉妹の裁判**　一九三三年、ル・マンのランスラン家の女中をつとめるパパン姉妹が、女主人とその娘を、眼球をえぐりとるなどして惨殺した事件。ジャン・ジュネ『女中たち(*les Bonnes*)』(一九四七年)の題材とされる。また、ジャック・ラカンは事件の年に、「パラノイア犯罪の動機――パパン姉妹による二重殺人(Motifs du crime paranoïaque: le double crime des sœurs Papin)」という論考を、雑誌《ミノトール》に寄稿している。邦訳は、『二人であることの病い――パラノイアと言語』宮本忠雄・関忠盛訳、朝日出版社、一九八四年、に所収。

17頁　**ラスネール**　ピエール・ラスネール、詩人・犯罪者（一八〇〇―一八三六）。マルセル・カルネの名画「天井桟敷の人々」で主役の一角を占めている。

18頁　**アントワーヌ・ベルテの犯罪**　元神学生のベルテが一八二七年、家庭教師をしていた家の女主人を銃撃した事件。

18頁　**『ハイドン、モーツァルト、メタスタージョ伝』以来**　一八一五年の上記作のほか、この章で触れられているスタンダール作品の発表時期を示しておくと、『イタリア絵画史』『ローマ、ナポリ、フィレンツェ』がともに一八一七年、『ロッシーニ伝』が一八二三年、『ローマ散歩』が一八二九年。『赤と黒』は一八三〇年、『パルムの僧院』が一八三九年。『イタリア年代記』は発表時期の異なる作品群の総称。

待つことと永遠

わたしは純粋状態における期待を、つまり、なにかを待つというのではないところの期待を経験した人間だと思っている。なにもないことを待つということだ。これは、明らかにわたし一人だけのことではない。このような期待は軍人という状態にはつきものであるからして、何百万人にもあてはまるのだ。あなたが兵士ならば、「集合！」の合図で整列させられて、兵舎の反対の端まで行進させられる。そして、今度は「待て！」といわれる。だが、なにを待つのだ？　そんなことはわからないし、気になんかしない。だって、どうでもいいのだから。結局、なにか雑役があるか、あるいは、ひょっとするとなにもないのかもしれない。最終的には、兵隊生活の最良の瞬間とは、集合を命じられて、整列させられ、「待て！」といわれるのを待機しながら、固いベッドでまどろんでいる時なのである。待機を期待するということだ。

戦闘服を着た一兵卒というものは、見かけはちがっても、ピエロ・デッラ・フランチェスカが描いた人物たちと似ていて、*無関心さそのものによって、自分たちは過去も未来もなしに、永遠の現在に生きている。彼らは存在する、それだけなのだ。

こうした目標なき待機の時間を含むところの、軍人という身分の漠たる状態とは、それ自体が、長期の待機期間であって、「これは本当の人生ではない、これを終えたらいずれ、生きることを再開するのだ、生き返るのだ」と思いながら、生きたというのにはふさわしいとは思えず、とりあえず括弧に入れておくような生の断片なのである。兵舎では、われわれは二人で組んで雑役をこなし、とにかく、兵舎のまわりの植え込みを掘り返した。相棒はコルシカ人の羊飼いで、われわれのあいだでは語り草となるほど純真な奴だった。彼はシャベルの柄の端にあごをのせたまま、当然のようにじっとしていた。通りかかった下士官が、「なにを待っているんだ?」と彼に聞いた。

すると羊飼いの心は、異様なまでの怒りにおそわれた。そしてまことに雄弁に、「おれがなにを待ってるのかだって! こいつは、おれが待っているものを聞きやがったぜ! おれはな、この三年間ずっと、除隊って奴を待機しているんだよ!」と言い返したのである。

待つこととは、実人生から消されてしまうものだといえる。次の喩え話がまざまざと物語るように、人はこうして思い違いをする。だれかが、ひとりの子供に魔法の糸巻きをあげたという。人生の歩みを進めたければ、糸を少し引っぱればいいのだという。そこで子供は、待つのがいやになったり、先のことを知りたくなると、糸を引っぱってしまう。おかげで子供は猛スピードで年老いて、糸もなくなり、死に瀕したという。気に入らない日々や、待機する時間を考慮に入れるのがいやならば、結局はこうなるのが落ちではないだろうか。

じりじりすることこそが、待つことのもっとも親しい相棒なのである。役者や口頭試問を受ける受験生があがることもあるし、病人や被告が、医学的な診断や判決を前にして激しい不安におそわれることもあるけれど、それにもまして、待つことには、しばしば待ちきれない気持ちが伴うのである。

カミュの小説〔『異邦人 *L’étranger*』〕の主人公ムルソーは、彼がまさしく「よそ者 l’étranger」であることを示している。なぜならば、陪審の評決を前にして待つことは、ムルソーにとっては単なる時間の経過にすぎないのだ。待機することに、いかなる心の昂ぶりも見られない。「われわれはだれでも、待つためにいたのだ……われわれは長時間待たされた、四五分近く待ったと思う。」

これとは反対に、ムイシュキン公爵〔『白痴』〕にとっては、受刑者が死を待つことは耐えがたいことなのだった。この確信が、ひとつの逆説的な主張へと彼を導く。「拷問にかけられている人間を想像してみるがいい。肉体的な苦しみ、傷、苦痛によって、精神的な苦痛は一時的に忘れ去られ、死に至るまで、その者は肉体的に苦しむだけなのだ。つまり、もっとも残酷な責め苦というのは、傷の数々ではなく、一時間後、一〇分後、三〇秒後に、あるいはこの瞬間にも、精神が肉体から出て、人間としてのいのちが終わるのであり、これは避けがたいことなのだと確信させられることなのである。こうした確信こそがむごいのだ。もっともおそろしいのは、きみがギロチンの刃の下に頭をつっこんで、刃がすっと落ちてくるのが、わずか四分の一秒のあいだに起こるということだよ。」

そして公爵は、こうしめくくる。「たぶん世界中に、有罪判決を読み上げられてから、おもむろに「でも、きみは特赦だ！」といわれるという責め苦を受けている人間がいるはずだ。こういう人間ならば、自分がいかなる思いをいだいたのか語ることもできよう。イエス・キリストが語った責め苦や苦悶とは、このことなんだ。いや、こんなことがあってたまるか！　人間性をこのように扱う権利など、だれにもありやしないんだから！」

　こうした人間がおそらく「世界中に」存在することを、われわれはよく知っているのであって、遠くを探す必要もない。ドストエフスキー自身、死刑判決を受けると、一八四九年一二月二二日には銃殺刑の儀式にのぞむ。兄ミハイルに、こう語っている。「……ぼくらはセミョーノフスキー練兵場に連行された。そして全員に、死刑の宣告が読み上げられ、十字架に口づけさせられた。それから、頭上で自分の剣を折られ、死にゆく者の衣装を着せられたんだ（白いシャツ）。そして、ぼくらのうち三人が銃殺刑になった。三人ずつ、呼ばれたんだ。ぼくは二列目にいたから、生きている時間はもう一分しか残されていなかった。」（『書簡集』）

　ドストエフスキーは『白痴』において、一度のみならず、二度にわたって、ある死刑囚の最期の瞬間を描いている。

　これだけでは極端なので、もうひとつ、ある異常な人物がわたしにした打ち明け話を報告しておく。彼は死刑執行助手として、デブレル、デフルノー、オブレヒト*といった代々の執行人を補助してきた。彼はデブレルとオブレヒトは好きだが、デフルノーは嫌いだといって、こう話した。「あいつはギロチン・マニアだった。ときには何日もずっと、帽子をかぶり、オーバーを着たまま、自宅の椅子に座って、法務大臣からの呼び出しを、今か今かと待ちかまえているんだ。」

死刑にまつわるもうひとつの話も、わたしの想像力を刺激する。というのも、これはわたしが生まれた日に起こったことなのだ。ダヌンツィオ*がフィウメ*で道化芝居をやらかしていたこの日、ピエール・ルノワール*というスパイが銃殺刑となった。大戦は終わっていたが、裏切り者たちの銃殺は続いていた。《ル・ジュルナル》紙は、サディスティックにこう書いている。「ピエール・ルノワールが死刑判決を受けたのが去る五月八日であったことを思い出そう。彼は一三九日間も、待たされたことになる。

ピエール・ルノワールはしばらく前から、自分は減刑されるものと信じていた。最初は非常に不安がっていたが、すぐに安堵の胸をなでおろし、悪夢で眠れぬ夜のあとに、穏やかな休息の日々が訪れたのだった。昨晩も、彼は落ち着いた気持ちでベッドに入り、眠ったのだった。彼が希望を持ち続けていたことはまちがいないのである。」

幻想のうちに全生涯が過ぎていき、なにも始まらないという人生がいくつもある。たとえば『ワーニャ伯父さん』の最後の場面で、ソーニャはこう叫ぶ。「わたしたち、やっと息がつけるんだわ！天使さまたちの声が聞こえて、空一面がきらきらと輝く。地上の悪はすべて、わたしたちの悩みも苦しみも、すべては神さまのお慈悲に呑みこまれて、それが世界に満ちていくんだわ。わたしたちの生活は、優しい愛撫のような、静かで、心地よく、思いやりのあるものになるのよ。わたしには、そういう自信があるの。ワーニャ伯父さん、かわいそうに、泣いているのね。生涯、楽しみを知らずに来たのですものね。でも、もう少しだから、待ってね。もうすぐ、息がつけますからね。もうすぐよ、ほっと息がつけるんだわ！」

登場人物たちのせりふを絶望的なものとするために、チェーホフはそれを未来形にするだけでよかった。チェーホフが芝居や短篇で作り上げた人物たちは、なによりも待機する主人公なのだ。もうダメだとなると、彼らは「モスクワへ！」と叫ぶ。でも、出発の機会が得られるのは、ごくわずかの人間だけなのである。

要するに待機とは、希望であると同時に——ちなみにスペイン語の「espera〔待つこと、忍耐〕」は「esperanza〔希望、期待〕」とかなり近い——、あきらめなのでもある。エッセイ集『結婚』に収められた「アルジェの夏」でアルベール・カミュもこう書いている。「人間の数々の悪徳がうごめいているパンドラの箱から、ギリシア人はいちばん最後に、すべてのうちでもっともおそろしい悪徳だとして、希望を取り出した。わたしはこれほど心を揺さぶられる象徴を知らない。というのも、希望とは、われわれが思っているのとは反対に、あきらめに等しいのだ。生きるというのは、あきらめないことなのである。」

待つことのもう一人のチャンピオンは、ヘンリー・ジェイムズの『密林の獣』〔一九〇三年〕の主人公だ。彼は若い頃から、自分にはなにかしら希少にして異常なことが、驚くほどおそろしいことが用意されていて、それが遅かれ早かれ立ち現れて、自分に襲いかかるのではという感覚を持っていた。それを待ち続けているうちに、彼は「失敗するはずのことは、すべて几帳面なまでに失敗した」のだ。

そして突然、彼は待つことの意味を理解する——自分は、なにも起こらない人間だったのだと。彼は自分が愛し、自分を愛してもいる女性の脇を通りすぎてしまう人間なのだった。彼を襲う猛獣とは、まさにこうしたものであった。

ディーノ・ブッツァーティの『タタール人の砂漠』(一九四〇年)という有名な小説でも、大体において同じようなテーマが扱われている。ブッツァーティは、「スクープ」を狙って一生を空費してしまった《コリエーレ・デッラ・セーラ》紙の年老いた同僚記者たちの姿を見て、この小説のアイデアを思いついたらしい。

ヘンリー・ジェイムズの場合、待つことは、終始一貫して彼の作品の源泉となり、多くのヴァリエーションに着想を与えており、「遅すぎること」という哲学にまで達している。

すでにボードレールが、「好奇心の強い男の夢」(『悪の華』所収)において、「私はまるで見世物を待ち焦がれる子供、障害物を憎むように幕(カーテン)を憎んでいた」と、死を待ち望んでいる。しかしながら、なにも起こらない。「幕はもう上っており、私はまだ待っていた」のである。

カフカは家族に次のように書いて、待つことの結果に伴う失望を表明しているではないか。「結局のところ、もっともありえるのは、むしろ望まない場所に行くことであり、したくもないことをすることであり、自分の望みとはまったく異なって、いかなる埋め合わせの希望もなしに生きて、死んでいくことなんです。」

ヴァージニア・ウルフの名高い小説(『灯台へ』一九二七年)の冒頭、一人の子供が「あした、ぼくたちは灯台に行くの？」と尋ねる。けれども彼らが灯台に行くのは一〇年後であり、各人が経験するつかの間の意識が積み重なって、膨大な時間のかたまりとなり、登場人物たちのうち少なからぬ者が死んでしまう。だが、ヴァージニア・ウルフのみごとな手法と、非常に個性的な時間の扱い方のおかげで、一〇年間も散歩を待たされるというこの小説は、これだけの話にはとても還元しきれない作品となりえている。

サミュエル・ベケットは、今日、われわれが「待つこと」に与えている価値において決定的ともいえるタイトルの戯曲*を残してくれた。けれどもベケットの場合、時間とは動かないものというか、せいぜいが、果てしなく回帰する循環的な時間、リュドヴィク・ジャンヴィエの表現を引くならば、「リフレイン構造」となった果てしなき回帰なのである（『彼自身によるベケット』一九六九年）。ベケットの登場人物たちは、「また、しあわせな日ね！*」などと最悪なことを叫ばない場合も、「つまり、けっして終わらないんだよ」と口にする。彼らは「ラ・バリュの檻さながら*」、時間のなかに閉じ込められている。

同じくモーリス・ブランショも『期待　忘却』（一九六二年）という切断されたタイトルの書物で、期待が即自的な価値であることを示唆している。「待たれている対象の重要性がいかなるものであっても、その対象はつねに、期待するという運動によって追い越される。」

待つことがいらだたせ、そのことにいかなる意味も見出さない『地の糧』*の興奮した叙情性からは、ずいぶん先に進んだことになる。「数々の期待よ、おまえたちはいったいどのぐらい続くのだ？　待つことが終わっても、ぼくたちにはなにか生きる糧が残るのだろうか？──待てだって！　なにを待つのだ、ぼくは叫んだ。ぼくたち自身から生まれ出るのではなくて、はたしてなにが生じるというのだ？　それに、ぼくたちがすでに知っているのではないような、なにが生じうるというのか？」

「Pour demain〔あしたまでに、あしたに〕」というタイトルで仏訳されている、コンラッドの短篇「To-morrow〔あした〕」〔morrow は［古・詩］で「朝、翌日」〕では、異常なまでに待つことがテーマとなっている。元船長のハグバードは妻を亡くし、息子のハリーも行方知れずなのだが、毎日、「あしたになれば」と繰り返す。元船長は息子がそこに戻ってくるものと確信して、コールブルックという小さな港町に住みつく。隣人のカーヴィルは盲人で、娘のベッシーと暮らしている。カーヴィルはいつもどなりながら、娘に対して暴君のごとくふるまっている。この町では、ハグバードは変人だ、本当に頭がおかしい奴だとばかにされている。彼の唯一の友だちはベッシーで、ハグバードは彼女を少しずつ妄想状態に引きずりこんでいく。やがてベッシーは行方不明のハリーを恋してしまい、彼が戻ったら結婚しようとまで思うようになる。おかげで彼女は、いじわるな父親に耐えることもできるのだった。「ベッシー、きみはこらえ性のない女性じゃないものね」と、元船長は彼女にいうのであった。

するると、若い男が現れるのだが、それこそ息子のハリーなのだった。だが老人はハリーを受け入れようとはせず、「あしたになれば」と息子を待っているのだと言い続ける。あまつさえ彼は、この闖入者の頭めがけてスコップを投げつけるのだ。ベッシーは、ハリーとおしゃべりしていて、「あした来るというのは、あなたなのね」と妙な言い方をする。
妄想に閉じこもる父親と若い女性を前にして、ハリーは「今日ではいけないのですか？」と答える。
ハリーはついに事情を理解して、「なにもかも異常だ！　つねにあしたで、その日がいつだかわからないんだ」と独りごちる。

このハリーは冒険家で、世界中を航海していて、ひとつの場所に定住することができない男である。ひとりの女のそばに一週間以上いることができず、仲間の男たち、お酒、ギャンブルしか愛せない男なのだ。ハリーによれば、父親が自分を公証人見習いにしようとしたので、家出したという。彼が戻って来たのは、ふたたび閉じ込められるためでもなければ、結婚させられるためでもなく、父親から五ポンド借りたいだけなのだった。ハリーはベッシーから手持ちのはした金を受け取ると、立ち去っていく。このとき、ハグバードは、「うまくいかなかった奴」を厄介払いできたと喜びを爆発させる。

ベッシーはおっかない父親のところに、彼女にとっての地獄に戻っていく。「それはあたかも、世界の狂気じみた希望が打ちくだかれて、永遠に続くあしたに対する信頼の気持ちを叫ぶ、目の見えない老人の声とともに、彼女の心に恐怖を運んできたかのようであった。」

一三四八年にヨーロッパで猖獗（しょうけつ）をきわめたペスト大流行の際にボッカッチョがおこなったほど、待つことをみごとに采配するのは、だれにでもできることではない。よく知られているように、男が三人、女が七人と、合計一〇人の男女がフィレンツェの町を逃れ、郊外はフィエーゾレの「ヴィラ・パルミエリ」に避難して、*毎日一〇話で一〇日間、一〇〇の短篇を話して時間をつぶす。これが『デカメロン』である。アントナン・アルトーの言い方を借りれば、「ボッカッチョは、話の材料が豊富な二人の仲間と[*]、信心深くて、淫蕩な七人の女性たちとともに」(『演劇とその分身』一九三八年)、ペストが立ち去るのを、ゆったりとした気持ちで待ったというのである。

起こりそうもないこと、起こる可能性のないことを待つのを好む人間も存在する。アラン゠フルニエ(一八八六―一九一四)は妹のイザベルとその夫ジャック・リヴィエールに、苦悩する愛を打ち明けているのだけれど、一九一〇年一〇月一九日には、こう語っている。「この女性が戻ってきたのです。彼女はぼくを、大通りのベンチで一晩、二晩、いや一〇日間も待ったのです。「待っている人が来ないだろうと確信していれば、待つ時間は長くはないわよね」というのです。あるときなんか、彼女は居眠りしてしまいました。」(『ジャック・リヴィエール、アラン゠フルニエ往復書簡集』一九九一年)

アラン゠フルニエは待機のエキスパートだった。なにしろ、『グラン・モーヌ』(一九一三年)の着想をもたらしたイヴォンヌ・ド・キエヴルクールを待って、何日も、何週間も、何か月も、何年も過ごしたのだから。

「事実、マゾヒズムの形とは待つことである。マゾヒストとは、純粋状態の待機を生きる人間のことだ」と、ジル・ドゥルーズも書いている。[*]

キャサリン・マンスフィールド(一八八八―一九二三)の短篇「ヤング・ガール」[*]に出てくるラディック夫人の娘は、表向きは甘やかされた子供のような気まぐれさを示してはいるが、結局、口ごもりながらこういう。

「「わたしは――、なんともないわ。待つのが好きなの。」こういうと彼女の顔は赤らみ、まなざしが暗くなった。わたしはすぐに、これは彼女は泣くんだなと思った。「レイ、――お願いだから、ここで待たせてちょうだい」、彼女は口ごもりながらも、震えるような激しい声でいうのだった。「そうするのが好きなの。待つのが大好きなのよ！　本当よ、誓って本当なんだから。わたしはあらゆる種類の場所で、――待ちながら時間を過ごしてきた人間なの……」」

母親がギャンブルをしに入っていったカジノの階段のところで、彼女は大きな声でこういう。

待つことがこのように習慣になると、それは色彩や香りを帯びて、空の光、カフェのネオン、室内の薄暗がり、歩道の足音といったものと結びつく。それはわれわれをパヴロフの犬にして、香りや、色や、響く足音が、われわれの不幸さながら、つねに新しくて古いものとして、苦悩のなかに深く入りこむのである。

かくして、男も女も、不可能な愛を、黙したままの情熱を、崇めるようなことも起こる。待機する愛が、愛の成就よりも大きな喜びをもたらすのだ。一九三〇年代に流行した、おめでたい懐メロにもそれなりの真実は含まれていた。

わたしはあなたを待ちましょう
あなたはわたしを待つでしょう＊

もっと真実味があるのは、ジャック・ブレルのシャンソンで、彼は「やってはこないマドレーヌ」〔「マドレーヌ」一九六一年〕を永遠に待ち続ける。

アニー・エルノーの小説『シンプルな情熱』〔一九九一年〕では、激しい不安を伴う待機を本質とする人間関係が、正確な臨床所見とともに描かれている。電話が鳴るのを待つ、あるいは、いつになるのかもわからない訪問を、ひたすら待つといった不安である。「去年の九月から、もはやわたしはある男を待つことだけしかしてこなかった。」そしてアニー・エルノーは、「彼を待つこと以外になにもすることがなければよかったのに」と、彼女の異常さを要約している。

完全に引き離されている二人の人間のあいだに熱愛が生まれることはけっして稀ではない。それぞれが止めることのできない生活に縛られていて、ときに何千キロも離れていても、それでも彼らは自分たちを苦しめている感情の気高さや真実を信じようとする。そして、彼らが待ち続けているなかで、思わずアヴァンチュールに、いつわりの情熱に、代理の愛に身を任せてしまうこともある。空腹をまぎらすように、待つことをまぎらすのだ。かくして彼らは二重、三重の人生を送ることとなり、さまざまな罪悪感のなかで、なにから手を付けてよいのかもわからない。こうした愛人たちは、未来が自分に属しているとは思えないのだ。彼らは、平凡な日常からかすめとられただけの、いつも束の間に終わる偶然の出会いという、はるか遠い瞬間をつつましく待ちかまえている。このとき、愛とは、自分の心の奥底に埋もれた秘密の祭壇を備えた、ひとつの宗教に似てくる。こうした愛は、死に至るまで長続きしうる。死とても、障害物がひとつふえただけにすぎないのだ。その日にも、われわれは別れることになるであろう。恋人に、自分はもういなくなるのだと、はたしてだれが優しくいえるだろうか。チェーホフの『退屈な話』〔一八八九年〕では、いつも立ち寄るだけのカーチャが去って行くので、ニコライ・スチェパーヌィチは思わず、「ではきみは、わたしの葬式には来てくれないんだね？」と口から出かかるのだった。

かつて、わたしの古くからの同僚で、地味でまじめで、結婚して子供もいる男がいた。その彼が、突然死んでしまった。葬式が終わってすぐに、ひとりの女性がわたしのオフィスに電話をかけてきた。「お忙しいところをすみません。M・Gはいませんか？　今日は水曜日で、毎週、彼はわたしのところで昼食をとるのですが……」

この女性は、人知れず毎週水曜日を待つという人生を過ごしてきたのだった。どうやら彼女は、詩などを書きながら時間をつぶしていたらしい*。それにしても「時間をつぶす」ことを、「時間をだます」というとはすごい表現だ。それに、「時間を殺す」という言い方もすごい。もはや彼女は水曜日を待つ必要はなくなったのだけれど、はたして、このことをだれが彼女にいえばよかったのだろう？なにしろ、彼女は新聞の死亡欄を読めるはずがなかった。M・Gの愛人は盲人なのだった！

このような愛のかたちを深く信奉している人は、はたして不幸なのだろうか？　わたしは、そうともかぎらないと思う。マダム・デュ・デファン*もこう書いている。「わたしが知っている幸福とは、愛する人に愛されるということだけだ。永遠の不在は、大変な苦悩ではあるものの、それが愛することと無関係ではないと期待できれば、人はこれを辛抱強く耐えることができるのだ。」

フレデリック・モローは、アルヌー夫人を一生待つことに十分満足していた(フロベール『感情教育』)。夫人も同様だった。ブルターニュに引っ込んだ夫人は、海を眺めながら時を過ごす。「わたしはあそこに座るんだわ。「フレデリックのベンチ」と名づけたベンチに」と自分に言い聞かせながら。同じく、ヘンリー・ジェイムズのもっともみごとな短篇(「ヴァレリー家の最後の人間」)の主人公は、敗北と、破産、不幸を甘んじて受け入れて、もはや戦おうとはせず、突堤の突きあたりの、海に面した「荒涼たるベンチ」に腰を下ろす。彼がもはやなにも期待していないのはたしかなのである。

アルヌー夫人は、期待と欲求不満でしかなかった愛に満足感を覚える。「それでかまわないわ。わたしたちはちゃんと愛し合っていたのでしょうから」というのである。

そして彼女が帽子をぬぐと、フレデリックはその白髪を見て、「胸いっぱいの衝撃で」これを受けとめる。彼女が「身を任すために来た」ことに気づくと、「反発と、近親相姦に対する激しい恐怖のような、名状しがたい気持ち」におそわれる。そして「自分の理想を落とさないために」、立ち去ろうとする。待つことが、欲していた女性を、触れてはならない偶像に変えたのである。

時計が一一時を打つと、アルノー夫人は一一時一五分には発とうと決心する。これも待つことの、もうひとつのヴァリエーションだ。完全に空白なこの一五分のあいだ、「二人にはもはや、なにもいうことが見つからないのだった」。

「アルヌー夫人の待機と、ボヴァリー夫人の待機との比較」は、修士論文のテーマにでもなりそうだ。この二人の女性だけで、待つことという問題をひとわたり検討したことになる。彼女たちは、待つことにおけるブヴァールとペキュシェにほかならない。

　時間というのは小説の実体そのものなのだから、時間の副産物としての待つことが大きな役割を演じている小説を数え上げていたらきりがない。それにしても、ギャツビーが夜、ウェスト・エッグの大邸宅の前でたった一人、入り江の反対側の緑の光をじっと見つめている姿ほどロマネスクなものがあろうか。デイジー・ブキャナンが、そこに住んでいるのだ。語り手が「おそろしく感傷的になって」と述べるとおりで、ギャツビーは、かつて起こらなかったことに対する悔恨の念を、未来に託そうとする。「ギャツビーは緑の明かりを信じていた、年々、ぼくたちの前から遠ざかるうっとりするような未来を信じていた……ぼくたちはこうやって進んでいくんだ、流れにさからう舟さながらに。そしてたえず、過去へと追い返されるのだ。[*]」

　アポリネールは、オデュッセウス〔ユリシーズ〕の帰還を思い起こして、こう語る。

堅ばた織りのじゅうたんの脇で、
妻は彼が戻るのを待っていた。〔「嫌われ者の歌(Chanson du Mal-aimé)」〕

自分は待たれていると、それほど自信をもてるのだろうか？　愛されざる者の夢にすぎないというのに。

　とはいえ、あのはるか遠い昔の文学でありながら、いつ読み返しても感動的な『オデュッセイア』

を、待つことをめぐる一篇の詩として読むことができる。「悲しい日夜を、涙にくれて憔悴しながら」、ペネロペイアは夫オデュッセウスの、そしてまた息子テレマコスの帰りを待ちわびている。求婚者が多数待ちかまえていて、ペネロペイアは決心を迫られる。黄泉の国で、自分に墓をくれと待ちかまえるエルペノールがいる。オデュッセウスはといえば、帰途、カリュプソや、キルケや、ナウシカアに捕まるのであって、彼の旅のすべては、待つことという星のもとに置かれているのではないだろうか？　終盤の第二三歌では、「バラ色の指をもつ」曙さえ、待っている。夜と交替して、オデュッセウスとペネロペイアが泣くことをやめ、「二人のしとねと、かつての権利を」再び見出すべく、曙は待っている。待つことと動き、これが『オデュッセイア』の逆説なのである。

『イリアス』ではずいぶんと待たされたあげく、『オデュッセイア』では待つことのない人物がたった一人いて、それがピロクテテスである。毒蛇に咬まれて、その傷口が耐えがたい悪臭を放ったために、ピロクテテスはレムノス島に置き去りにされてしまうという憂き目に遭う。だがその後、トロイアを陥落させるためには、彼の魔法の弓がぜひとも必要だとわかり、オデュッセウスたちはピロクテテスを迎えに行くのだ。こうしてピロクテテスは、最初に帰宅をはたす一人となる。

これらすべての書物たちよ……。わたしには、待つことと不可分の最初のひとつのふるまいは読書であると思われる。目は行に沿って進んでいき、精神はといえば、もっと先ではなにが起こるのだろうと知りたくてうずうずしながら、目が進むのを待っている。けれども精神は、がまん強く待つことを強いられるのだ。

わたしはしばしば、どうしてもそのメカニズムが理解できない夢を見る。それは本を読んでいる夢なのだ。わたしは、あるページを、ある行を、一語また一語と判読している。このわたしは、その夢の作者であるといえるのに、まだ読んではいない行やページになにがあるかわからないというのは、いかなることなのであろうか?

専制君主だけは待つことをいやがる。「あやうく待たされるところだった」と述べたのはルイ一四世である。国王の四輪馬車のことだ。つまり、待つことは、権力と関連して理解されうるのである。会う約束においては、待つ人間がいれば、待たれることに満足して、待たせる人間もいる。

釣り人にとって、待つことがスポーツなのである。

獲物を待ち伏せるハンターにとって、待つことは、死と一体化することだ。彼は獲物が射程距離に入る瞬間を待ちかまえている。

なかには、本人からすると、しかるべき時間を待つようにして、待つ人々が存在する。彼らはさしずめ、「教皇の雌ラバ*」なのである。たとえば司祭ジャン・メリエは、聖職者の世界に居続けるために、ルイ一四世、ルイ一五世の治世には、爆弾をかかえたまま目立たぬように生きた。そしてその遺書*という爆弾で、自らの無神論を宣言し、「この世のお偉方や貴族どもが絞首刑となって、聖職者連中のはらわたで窒息してしまうこと」を切望したのである。しかしながら彼は、その六四年の生涯のあいだ、このような突飛なことはひとことも口にしなかったのだ。

フォークナーが作り上げた登場人物たちのうちでもっとも粗野な男といえるミンク・スノープスは

パーチマンの監獄で、三八年間、少しもじりじりせずに待機する。なぜならば、三八年たてば、自分にはすべきことがあり、そうするだろうと、彼はわかっているのだ。[*] こうして彼は復讐をとげることとなる。彼の時間は、完全に待つことによって占められているのだ。

とはいえ、最終的には文学という天国からまた降りて、日常性に戻らないといけない。だが、そこでの真実とは、書物のなかと同様に本物ではないわけだが、より耐えがたいものといえる。

人間の条件とはいかなるものか。月曜日から週末を待ちわび、日曜日になれば月曜日を待つしかない。ヴァカンスを待ちわび、ヴァカンスが終わるのを待つ。それをひどく恐れながらも、定年を待つ。そのかたわらにあってあまりに待たされた、人生の伴侶の死を途方にくれながらも待つ。死なるものは、待つことが理にかなったこと、あるいは望ましい唯一のことであるのに、われわれはそれを待とうとはしない。

では、文学の魅力に寄与するところ大なる別れについてはどうか。ちなみに戦後、本国に帰還できた元捕虜のうち、八〇パーセントが離婚したという統計がある。

さまざまな宗教も、待つことを大いに活用している。ユダヤ教によれば、最後の審判はヨシャファトの谷間で行われると信じられていたが（旧約「ヨエル書」四の二、一二）、その場所は、「砂漠の谷間」とも、「定めの谷間」とも呼ばれていた。そこで気の早い人々はそこに行って埋葬してもらい、死者のなかで真っ先に復活する仲間に入ろうとしたという。エルサレムに滞在していたときに、わたしはこの広大な墓地を歩き回ってみた。すると、パレスチナ人の子供たちに石を投げられた。「インティファーダ」、つまりひと昔前の石の闘いである。もう少しで、待ってもいない日のために、最前列に入れられるところであった。

宗教の道具のひとつとなったおかげで、おそらくは、待つこと自体が宗教となったのだ。われわれは待つことのために神殿という待合室を捧げたではないか。それは、未知の神ではなしに、無に対して捧げられた奇妙な礼拝の場所である。待つ場所には、ファースト・クラスもあれば、セカンド・クラスもある。だが空港では、豪華な等級の待合室は、ファースト・クラスといった呼び方を避けて、「貴賓室」などと称している。等級が異なれば、待つことの質が変わるのだろうか？　敗残者のような人々であふれる、鉄道の駅のむさくるしい二等待合室が、ロマネスクな力強さにあふれていることは疑いもない。

「美という利点を有する」女性たちを、男たちはいつでも愛せる状態にあることを述べるために、パスカルは『愛の情念について』で、「彼らの心のなかには、ある種の待合室がある」と風変わりな書き方をしている。

行政機関、歯医者、医者、精神分析医、マッサージ師といった存在が、待合室なるもののひとつのイメージを作り上げてきた。それは退屈し、不安におそわれ、待ちくたびれながらも、別の場所でページを開いたら赤面しそうな雑誌を読んだりする場所でもある。ついうっかりして、記事を話題にしたときも、「いや、かかりつけの歯医者で読んだのだけどね」と言いつくろったりするのだ。

（そうした待合室に置いてある新聞・雑誌のたぐいは、われわれ自由業者のみじめな知的レベルや、嘆かわしい政治的意見について結論を引き出すのに使われるのかもしれない。)

ともあれ、待合室で起こっていることは、社会学的に検証してみる価値はありそうだ。そうした権限はないものの、わたしはずっと昔に、少しばかりその種のことをしたことがある。あるとき、回想録を書きたいという著名な美容整形外科医のゴーストライターをしたのである。とてもまじめな人物で、わたしをいくつもの手術に立ち会わせてくれた——目の下のたるみの切除、鼻の整形、豊胸といった手術である。わたしは、午前中は待合室にいて、患者の話を聞いたり、彼らの行動を観察したりすることを思いついたのだった。

その後、獣医科の待合室でも似たような雰囲気を経験した。病院だとわかって、こわくて震えているペットのことを、各人が自慢しながら、隣の人たちに話しかけては犬や猫の名前を尋ね、どこが悪いのか聞いたりしている。美容整形外科の待合室では、すぐに対話が始まる。手術した跡がきれいになっているかどうか確認したり、抜糸のために来た先輩患者たちが、新しい患者のケアを引き受け、自分たちの経験を強みとして、彼らを元気づけてやる。このことは一般化できそうだ。露出趣味という集団的な傾向が、多かれ少なかれ見られた。新しいバストがうれしくてたまらない女性は、これを見せつける快楽になかなか逆らえなかったのである。

わたしには、とりわけある姿が忘れられない。自分の鼻の形が気に入らず、しょっちゅう整形している女性がいた。彼女はいつもカラーのスケッチを持参するのだけれど、そこには、「エロチックな感じの、どっしりとした鼻孔にしたいんです。でも、下品に見えるといけないので、極端にならないように」といったコメントが添えてあった。クリニックにやってくると、彼女は窓際にぴったりくっついて、カーテンをくぐって光を全身で浴びようとする。そしてハンドバッグから鏡と鉛筆を取り出す。鉛筆を鼻の穴に突っこむと、いろいろな形を試してみる。われわれに話しかけることはなく、一度も到達したことのない、彼女にとっての美の理想のなかに閉じこもるのだった。

待つことの終わりには、「やっと」という副詞が安堵の気持ちを示すと『ロベール辞典』は教える。「やっと二人だけになれた!」といった具合に。ポール＝ジャン・トゥーレ〔一八六七—一九二〇〕もこう歌っている。

ぼくの乳母は、「やっとというのは、
アンフィーヌの旦那さん*」と話していた。

もはやなにも期待してはいない人々の期待のことを考えるために、待つことについて長々と考察する必要はない。わたしはパスカル・ピアからもらった最後の手紙のうちの一通を思い出す。そこには、「「行為とはお芝居」だけれど、正直、幕が下りるのが少しばかり遅すぎるのだ」と書かれていて、胸を締めつけられた。

不幸なのは、もはや待つ可能性がないときだ。ジャン・ポーランは、一九二三年九月にフランシス・ポンジュに宛てた手紙で、次のように語っている。「ブリデーヌ神父は、地獄に堕ちた人々はたえず「いま何時ですか?」と聞くのだけれど、恐ろしい声で、「永遠だ!」と返事がもどってくるのだと思うと述べている。ひとりの宣教師による、みごとな活喩法*ではないか」というのである。

【訳注】

23頁 **ピエロ・デッラ・フランチェスカが描いた人物たちと似ていて** 手前で兵士たちが眠る、「キリストの復活」(サンセポルクロ市立美術館蔵)のことを念頭に置いているのか。

26頁 **デブレル、デフルノー、オブレヒト** いずれも首席死刑執行人をつとめている。

27頁 **わたしが生まれた日** 一九一九年の九月一九日。直後に「大戦は終わっていた」とあるのは、一九一八年一一月一一日に、ドイツが休戦条約に調印していたため。

27頁 **フィウメ** 現在のクロアチアの港湾都市リエカ。自由都市であったが、一九一九年にダヌンツィオ率いる国粋主義者たちが武力で占領した。

27頁 **ピエール・ルノワール** 彼は《ル・ジュルナル》紙の株主のひとりでもあった。

30頁 **決定的ともいえるタイトルの戯曲** もちろん、『ゴドーを待ちながら』(一九五三年初演)のこと。

30頁 **「また、しあわせな日ね!」** 『しあわせな日々』より。次の「つまり、けっして終わらないんだよ」は『勝負の終わり』からか。

30頁 **「ラ・バリュの檻さながら」** ベケットの未完の小説『メルシエとカミエ』に出てくる表現。ラ・バリュ(一四二一—一四九一)はルイ一一世に仕えたが、陰謀の罪で狭い鉄の檻に投獄されたという。cf.「私の視線や聴覚が、いや、すべての感覚が、ラ・バリュ枢機卿が檻のなかで立つことも座ることもできなかったのと同様の、きわめて窮屈で不自由な姿勢を余儀なくされた。」(プルースト『失われた時を求めて4』「花咲く乙女たちのかげにII」吉川一義訳、岩波文庫、二〇一二年、七七頁)

30頁 **『地の糧』** ジッドの作品。一八九八年。

32頁 **「ヴィラ・パルミエリ」に避難して** 原典では、「ヴィラ・パルミエリ」と明記されてはいない。

33頁　**話の材料が豊富な二人の仲間**　誤解のないように書き添えておくと、男性の語り手は、パンフィロ、フィローストラト、ディオネーオの三人である。

33頁　**ジル・ドゥルーズも書いている**　『ザッヘル・マゾッホ紹介』一九六七年。邦訳は、『マゾッホとサド』蓮實重彥訳、晶文社、一九七三年。

33頁　**短篇「ヤング・ガール」**　『ガーデン・パーティー』に所収。

34頁　**わたしは～待つでしょう**　Bourvil, *Abuglubu, Abugluba* の一節か。

36頁　**時間をつぶして**　原文は「tromper(trompait) le temps」で、直訳すると「時間をだます」となる。次に続く二つの文は原文で、*Tromper* le temps! quelle expression!　Et *tuer le temps!* ... とあるが、「tuer le temps」(直訳すれば「時間を殺す」)は「時間をつぶす」意味で使われる。

36頁　**マダム・デュ・デファン**　書簡作家(一六九七―一七八〇)。ヴォルテール、レスピナス公爵夫人などとの書簡で名高い。

38頁　**ギャツビーは～追い返されるのだ**　フィッツジェラルド『グレート・ギャツビー』(一九二五年)の末尾。

40頁　**「教皇の雌ラバ」**　「教皇の雌ラバ」は、ドーデ『風車小屋便り』に収められた短篇。アヴィニョンに教皇庁のあった時代、教皇のラバが、飼育係の若者に対するうらみを晴らすのに七年間待つ話。

40頁　**その遺書**　メリエは一六六四―一七二九。邦訳は、『ジャン・メリエ遺言書――すべての神々と宗教は虚妄なることの証明』石川光一・三井吉俊訳、法政大学出版局、二〇〇六年。

41頁　**彼はわかっているのだ**　『村』(一九四〇年)、『町』(一九五七年)、『館』(一九五九年)という、いわゆる「スノープス三部作」を参照。

44頁　**やっと～旦那さん**　「やっと」は原文で enfin で、「アンフィーヌ」は Enfine。

45頁　**みごとな活喩法**　ここでは、死者に語らせるという修辞法のこと。

おさらばすること

フランスの人権宣言は、自由なるものの広がりをある意味で決定した。それは一七条からなっているのだが、一八条と一九条を勝手に作って、自己矛盾する権利とおさらばする権利を含めたボードレールの皮肉をわたしが強調したくなるのは、別に冗談が好きだからではない。自己矛盾すること、おさらばすることという二つの「熟慮」は、検討してみる価値がある。両方とも、自由にとって本質的な要素といえる。自己矛盾する権利と、おさらばする権利――個人の、さりげなくも、断固とした反抗を、凛とした態度を、これほどみごとに示すものはないとわたしは確信しているのだ。

とりあえずは、ボードレールを正確に引用しないといけない。彼はまず自己矛盾する権利から始めて、フィロクセーヌ・ボワイエ(一八二九―一八六七)のアルバムについて、こう書く。「近ごろ話題になった諸権利の中で、忘れられているものが一つある、その証明には万人が利益を感ずるはずのものでありながら――すなわち自己矛盾する権利。*」

彼がフィロクセーヌ・ボワイエについてこうした証言をしたのは、たぶん、(紀元前五世紀、キュテーラ島生まれの、「ディオニュソス讃歌」を書いた詩人ピロクセノスから借りた)奇妙な名前を名乗るこの詩人が、とんでもなく饒舌であったからにちがいない。散文詩「孤独」(『パリの憂鬱』所収)において、ボードレールは、「われらのおしゃべり人種の中には、もしも断頭台の高みから、サンテールの太鼓によって時ならずも言葉を中断される懸念なく、たっぷりと弁舌をふるうことが許されるなら、さほど嫌がりもせずに死刑を受けるであろうような者たちがいる」と述べているが、ここで批判されているのがフィロクセーヌ・ボワイエなのである。

(ちなみに、フィロクセーヌ・ボワイエのこのアルバムは、一九八五年五月二二日、「ヌーヴォー・ドルオ」(パリのオークション・センター)で競売にかけられ、落札価格は五〇万フランに達した。)

このフィロクセーヌは、一八五二年、風刺劇『アリストパネスの雑報』をマリー・ドーブラン主演により、オデオン座で公演している。この女優は、たぶんボードレールの恋人*になる前は、フィロクセーヌの情婦だったのであり、ボードレールと別れて今度はバンヴィルの恋人になる。いやはや、話がいささか脱線してしまった。

ボードレールが自己矛盾する権利に加えて、おさらばする権利を付け足したのは、エドガー・ポー『異常な物語集』*の序文においてである。「一九世紀の叡知が、かくもしばしば、かくも悦に入って繰り返す、人権の数多い列挙のなかで、二つのかなり重要なものが忘れられてきたが、それは自己矛盾する権利と、おさらばする権利とである。」

「おさらばすること」については、十分に納得できるイメージが浮かぶ。物静かで、弱気で内向的、けっして異議を唱えたりせず、文句もいわない人間が、ある日ふといなくなってしまう。こうしたことを思い浮かべるだけでも、すっかり元気づけられる。けれども、そうした問題ではないことを理解するには、ボードレールの文章を終わりまで読む必要がある。上の引用が現れるのは、エドガー・ポーとジェラール・ド・ネルヴァルの死をめぐる文脈においてであって、「おさらばする」に非常に強い意味合いが込められているのである。ある晩、マッチかなんかを買いに出て戻ってこない、といったことではなくて、自殺が問題となっているのだ。

もっとも、エドガー・ポー〔一八〇九―一八四九〕は自殺したわけではなく、彼の死はボードレールによれば、「ほとんど自殺に近いもの、――久しい以前から準備された自殺*」である。ネルヴァルの場合は、「慎み深く、誰にも迷惑をかけずに、――その慎みが侮蔑にさも似るほどに慎み深く――彼の見出し得た限り最も暗黒な街路へ行って、そこで自分の魂を解き放った」のだった。

ボードレールはこうコメントを付け加える。「だが、「社会」はおさらばする人間を無礼者と見なす。喜んで、ある者たちの亡骸(なきがら)を鞭打つでもあろう。吸血鬼症(ヴァンピリスム)に取りつかれて、死体を見ると無我夢中に猛(たけ)り狂ったあの不幸な兵士と同じように。――だがしかしながら、こうも言うことができる、ある種の境遇の圧迫の下では、いくつかの条件の両立不可能性を真面目に検討した後で、ある種の教義や輪(りん)廻(ね)説への確たる信念をもつならば、――誇張もせず、洒落のつもりもなしに、自殺こそは時として、生の最も理にかなった行動だ、と言うことができる。」

それにしても、一九世紀を通じて、ジェラール・ド・ネルヴァル〔一八〇八―一八五五〕ほどすばらしい人間がいただろうか？　同時代人の一人ウジェニー・ミルクール〔ジャーナリスト・作家〕は、ネルヴァルをこう描いている。「率直にして誠実な顔つきで、そこに、この世の中では稀なことに、善意と、機知と、繊細さと、純真さがにじみ出ている。」

しかしながら、このことが彼にとってなんの役に立ったというのか。そのせいで、凍てつくような晩に出ていって、料理用エプロンの紐で首をくくり、死体公示所(モルグ)で、マクシム・デュ・カン*の目撃したところでは「鉛のふたの上に裸で寝かされて」、その生涯を終えてしまったではないか。

この二人の死についての解説や皮肉に憤慨したからこそ、ボードレールはおさらばする権利を主張したのである。

そして二〇世紀には、パヴェーゼが同じ表現を用いることになる。

もの悲しく、道をたどっておさらばする
長いこと希求してきた作品の数々が
目の前から消え去ることの
恐れに絶えずさいなまれながら、
心のなかでは熱意が、希望が、
すべてが弱まるのを感じる、すべてが*

この詩を書いたとき、パヴェーゼはまだ高校生だった。そして、おさらばするという思いは、その後もずっと彼につきまとう。一九五〇年のある夜、トリノの駅前広場にある、血のように赤い色をした大きなネオンサインが見下ろす「ホテル・ローマ」〔現在の Hotel Roma e Rocca Cavour〕に彼が部屋をとるまで。

こうした強迫観念の奥底から、パヴェーゼは、おさらばするという行為が困難であるのに、非常に単純素朴な人々がいとも自然にやってのけることへの驚きを告白する、「それなのに、あわれな女たちはこれをやってのけた」と。

パヴェーゼ自身は、一九五〇年八月二六日の晩、死を思いとどまらせてくれるはずの女友だちたちに電話をしたものの、だめだった。どの女性も彼と会って、その晩をむだにしたくはなかったせいで、彼は死んだのだ。

最近明らかになったことだが、パヴェーゼの最後の不幸な恋人であったアメリカ人女優のコンスタンス・ダウリングもまた、一九六九年、ロス・アンジェルスで、四九歳でみずから命を絶ったという。「おさらばする」のが権利なら、その根拠を見つけてやらなければいけない。若きカミュは、センセーショナルな表現により、このことこそ哲学にとっての唯一の問題だとした。ノヴァーリスもすでに、次のように述べていた。「真の哲学的な行為とは、自己を殺すことである。これが自殺であり、これこそ、哲学なるものの本当の始まりなのだ。」〔『哲学的断章』一七九八年〕

とはいえ、哲学的自殺は稀なものにとどまっている。ストア派において、その議論は、善と悪、そしてその「中間態」をめぐっての、難解な争いに堕してしまっている。ストア派よりもプラトン派に耳を傾けていれば、自殺したいなどという気にはならないのでは、とも思う。ジャン・スタロバンスキーは、「現実問題として、自殺という行為が、唯一の単純な原因からだと考えられることはめったにない。それは多元的に決定されている」*と述べている。一瞬の衝動が自殺の引き金を引くことも非常に多い。わたしの友だちロマン・ギャリが自殺した日、*彼はジュネーヴに行く用事があって、空港への迎えを頼む電話をしていたし、看護婦に持って行くべき薬のことを聞き、税金の話でガリマール社のクロード・ガリマールと昼食をした。そして、こうしたふだんと変わらない午後が終わりかけた頃、自殺してしまったのだ。

自殺とは、ひとつの断崖であり、その人はその断崖沿いを歩いている。そしてこの断崖が、日によって、こちらの気分によって、多少ともめまいを起こさせる。「夢でも見るようにして、自死するらしい」と、シュールレアリストたちは、自殺に関する有名なアンケート*で書いている。

パヴェーゼも述べていた、この「不条理な悪徳」に深く悩むある種の人々にとっては、「おさらばする」というアイデアとたわむれることが、ひとつのライフスタイルとなる。パヴェーゼは、「自殺という考えは、ひとつの生の表明なのだ。もう死にたいと願わないとは、なんたる死なのだ！」（『生きるという仕事——日記（一九三五—一九五〇）』）と書き留めている。

ルネ・クルヴェル*は、「自殺という強迫観念は、自殺に対する最良の防止手段ではないだろうか？」

と述べている。

けれども、彼は結局、命を絶ってしまうのである。

マラルメも、こう明言したのであろう。「ローマ通りをのぼっていくたびに、この鉄道橋から身を投げて、人生に決着をつけてしまいたいという誘惑に駆られない日は、一日たりともなかった。」*

死ぬ理由、あるいは死を延期する理由を自分で見つける場合には、おさらばする権利に、自己矛盾する権利が加わることになる。人生は生きる価値がないと思っても、他人に対する義務が、われわれをこの世という涙の谷に引きとめているのだと腹をくくるのも可能だ。「扶養すべき家族がいる」というのがこれに当たる。

また、人生が嫌だからではなくて、人生を愛していて、これを奪われるのが耐えられないという理由で自殺することもある。避けようと思うあまり、そこに飛び込んでしまうという、短絡的な自殺だ。そこまで行かなくても、その先に死があるという見通しのせいで、生きることが損なわれているといって、人生を恨めしく思っている人間はたくさんいる。フーゴー・フォン・ホフマンスタール〔一八七四―一九二九〕は、登場人物の一人について、「彼は夭折することを忌みきらうあまり、自分の生を憎んだ。その生が、彼をここまで連れてきてしまったのだ」〔『第六七二夜のメルヘン』〕と書いている。

ミシェル・レーリス*は『オーロラ』のなかで、「死を恐れているから、わたしは生を憎悪する」と書く。

ジュール・ラフォルグ〔一八六〇—一八八七〕の場合は、同じ話題に関して、ポール・ブールジェ[*]論のなかで、彼と対話を交わしたらという想定で、こう書いている。

「ブールジェさん、こんにちは。相変わらず悲しそうですね。どうしました？

——わたしには人生があるのでね。

——人生でなにがそんなに悲しいのです？

——死ですよ。

——たしかに。では、そこから出るように努めたらどうですか。」

こうして、解答を探し求めるポール・ブールジェは、スタンダールに傾倒していた時期には、あれほど彼を熱狂させるとともに、明らかに彼に大変な苦悩をもたらしていたところの個人主義を強く非難して、故郷の土地、軍隊、宗教、王制国家といった、非常に狭い社会環境のなかに逃げ込む。生きるとなると、人はできるかぎりの理由付けをおこなうものなのだ。

晩年のマルローは『ラザロ』のなかで、かつて『王道』で、生きること、死ぬこと、自殺におけるあらゆる道徳的・哲学的な価値を否認した登場人物のことを想起して、「死はない。わたしが、死にゆくところのわたしがあるのだ」と書いた。

死ぬためには、まっとうな理由もあれば、悪しき理由もある。実際、死ぬという行為よりも、理由が大切なのだ。あっぱれな理由もあれば、愚かな理由もある。それ次第で、もし行為がうまくいったとしても、その当人はただの死体に、つまり無になりかねない。

わが家族のなかにも、ちょっとでも不愉快なことがあると、ぷいっと食卓を立って(たいていは、夕食の最中にけんかになってしまうのだった)、外に行ってしまい、この失踪の目的地はひょっとすると、川底ではないかと心配させる人間がいた。この人は、おさらばする権利を、二重に悪用していたのだ。これを仕返しと恐怖の手段にしていたのである。死んだら困ると思って、われわれがすぐに追いかけてくるものと期待していたにちがいない。この瞬間、この人は、自分で思い描いている自分のイメージが好きなのだ。自殺における遺伝的な傾向、性別、年齢、職業、社会的身分、国によって異なる比率といったものからして、われわれは自殺を選んでいるとは思っているが、自殺がわれわれを選別しているようにも考えたくなる。カナダのローレンシア丘陵のモン=ガブリエルで、わたしはベルギーの批評家ルネ・ミシャと、その数日前に自殺したフィリップ・ジュリアン*について語ったことがある。パリの同性愛社会で、いかにも洗練された趣味の持ち主として知られた彼が、首を吊るという、田舎くさい死を選んだのだった。縮れ毛のルネ・ミシャの口から思いがけない話が出てくるとは、わたしは思ってもいなかったのだが、彼は突然こう言い放った。「ぼくはね、自殺者の家系に生まれたんだ。父親や伯父たちが自殺しているんだ。だから、自殺にはとても注意深くなっている。自殺しそうな連中は、その前からぴんとくるんだよ。そういう連中の名前をリストアップしているしね。そしてだれかが命を絶ったら、リストから名前を消すというわけ。

――フィリップ・ジュリアンはリストにあったのですか?(と、わたしは聞いてみた)

――もちろんさ。」

わたしはヘミングウェイのことを考えてしまう。彼の自殺を安楽死のひとつとして数えるのはたやすい。病気で、衰弱していくことをひどく恐れて、むしろ自分で決着をつけることを選んだというわけだ。しかしながら、父親も自殺していて、ヘミングウェイは医師であったその父親が自殺に使った猟銃で、自分も死んだことを思い出そう。彼はこうすることで、衰えていく人生の苦しみや屈辱から免れようと望んだのではないのか。そしてたぶん、父親がしたように自分もしようと思ったにちがいない。*ヘミングウェイの全作品が、『誰がために鐘は鳴る』〔一九四〇年〕のパイラー〔パルチザンの女性〕が「来たるべき死の匂い」と呼んだもので満ちていることを証明するのもむずかしくはない。

モンテルラン〔一八九六―一九七二〕も失明して、医師たちの手のなかで即物的な死を迎えることを嫌い、まだ時間があるうちにみずから命を絶つことを選んだ。とはいえ、もしも彼がそれまでずっと、ローマ時代の古典と親しんで、精神を鍛錬し、そこから自死という高邁な考え方を獲得していなかったならば、はたしてこうしたけじめの付け方を採用していたであろうか?

モンテルランが自殺したとき、奇妙なできごとが起こった。もっとも保守的で穏健なものも――カトリックの新聞も――含めて、ジャーナリズム全体が、一人の人間の言行一致に感嘆して(つまり、新聞のたぐいは自己矛盾を当然としているということである)、自殺をはたした彼を賞賛したのみならず、自殺の賞賛までおこなったのだ。

そもそも、自分が知っている人間が自殺したことがわかればそれで十分なのであり、こうした報道はすべて恥知らずだ。彼は命で支払ったのに、われわれは言葉を連ねるだけではないか。長広舌をふるわずとも、われわれは、彼を死のみならず、その悲しみから救えたはずの行為を見出せたのではないだろうか。フランシス・ジャム〔一八六八―一九三八〕は、《シュールレアリスム革命》誌がおこなった自殺へのアンケートに、*こう答えている。「あなたがたの質問はじつに浅ましい。もしもどこかの子供がこのせいで自殺でもしたら、あなたがたこそ、殺人者となるのです」と。わたしには、この気持ちがよくわかる。

このアンケートに対して、パスカル・ピアも拒否反応を示しているが、その理由は異なる。「わたしは貧しいが、貧しい人々を好きにはなれない。確信により、あるいは確信の欠如により自殺へと導かれた人々は、いつの日か犠牲者になるべくして生まれたのだ。わたしは、赤貧にあえぐ亡霊たちに、わが愛という慈善をほどこす気などない。自殺者とは、わたしからするとつねに、いってみれば、身代金を、つまり自分たちがその構築に関与していない世界に対する借金を支払う責任を負わされた、贖罪の羊に思えてくる。それはぞっとするほど嫌な役回りであって、そんな役を演じるつもりはない。」〔『自殺について』一九二五年〕

たとえ、こうした考え方にこだわることなく、通常の意味での「おさらばする」という観念を好むとしても、ひとつだけ明らかなことがある。それは、自分の人生にけりをつける権利が個人の自由に属することだ。自由なるものの例にもれず、これは教会や、国家や、われわれの生活を独占的に意のままにしたいと思う人々に対する戦いであり、勝利なのである。それは社会に対する個人の返答であり、なぜ多くの作家にとって、この権利が特別な意味を帯びているのかについては研究してみる必要があろう。たとえば、芥川龍之介、太宰治、三島由紀夫、川端康成等々、二〇世紀の日本の作家における自殺の多さがなにを意味するのか、問い直す必要がある。

いかなる文明だかはもう忘れてしまったが、自殺者は男女を問わず、裸にしてすのこに載せ、ひきまわしの刑に処したという。こうすれば羞恥心によって自殺願望に対する歯止めになるものと考えたのだ。

「おさらばする」をどちらの意味合いで理解するかで、つねに大きな相違があるとはかぎらない。老トルストイは、死を出迎えるべく「おさらば」したのだった。*

おさらばする権利については、軽々しく語ることはできない。また、自己矛盾する権利には、最初から少なからぬ気まぐれさがつきまとっている。

いつまでたっても好きなのはほうれん草とサン＝シモンだけだ、とスタンダールが述べているけれど*、これは、そのときどきで自分が大好きなものに熱中し、自分が熱中するものを熱愛して、そのことを喜ぶという、活発なる精神の永久運動を、避けがたい変化を表している。スタンダールがほうれん草とサン＝シモンに忠誠を誓い、それ以外のすべては気まぐれだけということでは、だれも喜ぶはずがない。

すでにモンテーニュは、「わたしはわが心に、それを置く向きによって、あるときにはある顔を、あるときには別の顔を与えている」*と、やや不遜な言い方をしている。

ルイ・ギユー*は『黒い血』のなかで、主人公というか、アンチヒーローのクリピュールの口から、自己矛盾こそが人間の唯一の自由だといわせている。

矛盾とは、日々の直接的な所与にして、経験なのである。われわれは多かれ少なかれ、レーモン・ドゥヴォス*の演じる有名なコントのようなものなのだ。一つのできごとの二つの側面が代わるがわるドゥヴォスに提示されると、彼はその都度、ときには笑い、ときには泣くのである。わたしの場合も、まったく場違いに笑ったり、泣いたりすることがなくはない。

フロイト以来、われわれが自我をいかにわずかしか支配できないかということにとどまらず、自我の統一性に実体がないことも、われわれは知っている。われわれというのは、むしろ、対立する力が衝突する戦場のような存在である。自己矛盾することの権利とは、意識上、意識下を問わず、さまざまな衝動のあいだで引き裂かれている一人ひとりの人間が、そのままの自分を受け入れることを助けてくれる。さまざまな決定論にもてあそばれている人間に、そうした多様性をてこに、少なくとも、自分は自由なのだという感情を見出すことを教える必要があろう。

実際、自我の統一性に対して疑いを投げかける勇気がある人間は多くはない。そうした人間の一人としてわたしが知っているのが、エマニュエル・ベルル*にほかならない。もっぱら持続(デュレ)について語っていたベルクソンとの親しい付き合いにもかかわらず、ベルルは自分が不連続にして、マルチな存在だと感じていた。彼は自分を、パイ菓子のミルフィーユにたとえていた。自己のこうした断片がすべて、彼を矛盾した多くの行動へと向かわせたのであって、彼はそうした行動のうちに唯一の個人を認めてはいなかった。そこには、作家、政治的観察者、ドン・ファン、アネモネ愛好家、愛煙家がいた。はたして、エマニュエル・ベルルという人間は、そのどこにいたのか?

自己矛盾する権利は、哲学とは相容れない——なぜなら哲学とは、統一を求めるものなのだから。この難問は、人は同じ川に二度入ることはできないと指摘したヘラクレイトスとともに始まる。しかしヘラクレイトスはただちに、この絶えざる変化に限界をもうける。女神ネメシスによって象徴される節度という観念を引き合いに出す。そして弁証法により、哲学は、すべての矛盾を表すと同時に、これを解決するようなリズムを発見することになる。

芸術においては、矛盾の必要がバロックを創り出した。エウヘニオ・ドールスは、コッレッジョが「ノリ・メ・タンゲレ」と題したタブロー*で描いたような、キリストのふるまいにおける「バロックのアルゴリズム」を発見して、こう述べている。「主よ、マグダラのマリアは、あなたの足下で哀願している。あなたは彼女を引き寄せると同時に、拒んでいる。「わたしに触るな」といいながら、彼女に手を伸ばしているのだから。そして、優しくも悲観したままの彼女を地べたに残したまま、彼女に天国への道を指し示す。マグダラのマリアもまた、すでに罪を悔いた女でありながら、その悔悛のしぐさにおいて、依然としてみだらでもあり、彼女も定義からしてバロック的なのだ。主よ、彼女はあなたに従うべく、うずくまっているのである。」(『バロック論』一九四四年)

われわれの実人生は、逆行不可能な時の流れに沿って体験されていく。われわれがこのことにいかに絶望しようとも、これから逃れることも、あるいは母親の胎内に戻ることも不可能なのである。とはいえ、時間は、われわれに自己矛盾する権利を差し出すことによって、時間について慰めてくれる。この権利のおかげで、自己同一性という原則を変えることが可能になる。われわれは同時に、白であり黒であることはできない。しかしながら、白であって、それから黒になることはできる。時間とは驚きであり、否認なのである。自我の時間性が、精神の自由の根拠をなしている。

時間とともに、われわれはさまざまな先入観をいだいては、これを捨てて、進歩していく。わたしの世代の人間は、そういう長い道を経てきた。ミサに行くことに半信半疑となり、ドイツ人と戦うことを喜び、子供ができたり、梅毒になることをいつも恐れてきた(最後のものについては、恐怖は新たな名前*とともに戻ってきたわけだが)。われわれはまるでルイ=フィリップの統治下(「七月王政」(一八三〇—四八年)のこと)のように生き、考えてきたのである。メンタリティを変えるためには、少なからず自己矛盾する必要があったのだ。

人間の寿命はどんどん延びて、愛よりも長生きする。友情や、文学・音楽・美術の好みよりも長生きする。たとえばわたしは、かつては、現在のわたしからすると興味のない、何人もの作家たちに夢中になった。わたしの関心が変わり、彼らが表現していたこととずれてしまったのだろうか? あるいはまた、そうした作家たちをひとわたりじっくりと味わってしまい、再度付き合っても、もはや喜びがないのかもしれない。あるいは、そうした作家たちを愛好する人間があまりに多くなりすぎて、かつてはわたしがほぼ独占していた彼らへの友情(これは美しい感情とはいいがたい)が、損なわれたのかもしれない。さらには、わが軽薄さゆえに、彼らを再読する気持ちが失われ、はるか遠くから崇敬するだけになっているとも考えられる。子供時代の神々についてはいうまでもない。成熟した年齢を迎えると、かつての自分が空疎な偶像を熱愛していたことに気づくのだ。たとえば、アルフォンス・ドーデ〔一八四〇―一八九七〕を再読したことは、わたしにとって不幸だった。かつては、あんなに好きだったのに！　この愛着の思い出があまりに強烈なので、わが家にある黒っぽい装丁のドーデの作品*を一冊手にとるだけで十分なのだ。中身はもう忘れてしまっている。最初の印象というのは、現在読むよりも強烈なものだ。旗手たる「プチ・ショーズ〔ちび〕」を先頭にして、多くの虐待されている子供や、身体障害者、愚弄される気高い女性たちが、次々と登場しては、われわれの涙をさそうように、作者が力任せに語りかけるからといって、それがどうしたというのだ。彼のいうところの自然主義とは、人生の再現ではなく、自分が経験した陳腐なテーマの再現にすぎなかったのだが、それがどうだというのか。わが子供時代のドーデこそもっと本物なのだから、本当のドーデなどどうでもいいではないか。主人公ダニエル・エセットが舎監として苛酷な日々を送った、あのどうしようもないサルランド中学校、サフォーを抱きしめるジャン・ゴーサン、不老不死を謳うゴーシェ神父、甘美な夢想家のジョワイユーズ氏、わたしは彼らが大好きだった*のだから、文学的なセンスの名において、彼らを否認するというのは、わたしにとってはつらいことだ。

『風車小屋だより』〔一八六九年〕を書いた優しい作家について、かつてのわたしが知らなくて、その後知ったこともむろんある。アルフォンス・ドーデは猛烈なユダヤ人排斥論者であって、エドゥアール・ドリュモンを助け、支援していた。アルフォンスは、レオンという息子にお似合いの父親であったわけだ。

思想もまた疲労するし、われわれを疲労させる。たとえば思い出すのは、昔のわたしが、ラ・ボエシー*〔一五三〇—一五六三〕、T・E・ロレンス〔一八八八—一九三五〕など、自発的な隷従に関するあらゆる考え方に通じていたことだ。ところがいまでは、そんなことは考えもしない。ロレンス自身の挿絵が入った英語版の豪華な『知恵の七柱』〔一九二六年、私家版〕を手に入れたいと、長いこと夢見ていた。でも、そんなお金はなかった。その後、古書店でこれを見つけ、買うだけのお金も持っていたのだけれど、もはや興味を失っていた。

もっともラジカルかつ残酷な矛盾とは、忘却にほかならない。

時間とともに、われわれの選択の幅は徐々に狭くなり、ついには食いとめることもできなくなってしまう。青春期の苦悩とは、選ぶことを、すなわちあきらめることを余儀なくされることだ。消防士、パイロット、教授、獣医師に同時になることはできない。あとから、しばし自分の人生行路を中断して、ありえたはずのあらゆる運命や、可能な生き方をあきらめなくてはいけなかったさまざまな人生の岐路のことを思って、おいおい泣くことだってある。自己矛盾することの必要性のうちに、われわれは、ジョルジュ・バタイユが「全体であろうとする欲望」〔『内的体験』一九四三年〕と名づけたことの帰結を見ることができる。

矛盾、あるいはこういってよければ、各人のうちに内在している相反する傾向なるものは、文学そのものの酵母となっている。『ハムレット』の主題は、主人公が行為と問いかけのあいだで揺れ動くことだ。そしてどうやら、T・E・ロレンスはハムレットを手本としたかに思われる。彼はアラブ人の反抗を重視するかと思えば、自分の内心の苦悩に重きを置いたりする。またドストエフスキーの登場人物たちは、自分自身に対して果てしない戦いをしかける。そして、彼らの一人ひとりが、われわれのようなただの読者を、内心の葛藤へと仕向けるのだ。

よく知られている別の例を。フロベールの『感情教育』〔一八六九年〕は自己否定の小説だ。なぜならば読者は、終わりになって、夢想も、愛も、幻滅も、とにかくフレデリック・モローの物語のすべてが、青くさい時代に売春宿に行った思い出と比較したら重要ではないと思い知らされるのだから。「ぼくらにとっては、あの頃が最高だったよな!」この一つの文が、それまで本当だと思いこんでいたこのすばらしい物語(ロマン)を告発し、なかったことにしてしまうのである。

フロベールの矛盾はしばしば、嘲笑という様相を帯びる。『ボヴァリー夫人』〔一八五七年〕を書くことにしたのはいいが、例の「農事共進会」の場面を書くという苦行を自分に課して、七回も書き直している。友人たちに『聖アントワーヌの誘惑』は失敗作だといわれたからだという。それから『サランボー』〔一八六二年〕に着手するのだけれど、かわいそうなエンマが動き回った凡庸な田舎社会に対する埋め合わせと見なせるのかもしれない。だが彼は、「カルタゴの復活を試みるためには、どれほど悲しさが必要か、見抜ける人はわずかしかいない」ともらすのだ。

文学的創造が産み出した、かつてないほどの無力さの告白だ。オリエントの栄華、歴史、滅亡した文明も、クロワッセの隠者の憂鬱の前では、大したことではないのだ。

『ブヴァールとペキュシェ』(未完)は、逆転した嘲笑といえる。二人の愚か者が最後は、父親をほろりとさせる。彼らがいくら愚かだとしても、世界はさらに愚かなのであって、やがてこの二人は、われわれの時代のヒーローと目されることになる。

あまたの懐疑と、否定と、急カーブのあとでならば、「ああ！　ぼくは文体の苦しみを味わったことになるのでしょう！」というフロベールの叫び*にも納得がいこう。

作家という一族は、自己矛盾する権利や欲望によって、嘲笑へと導かれるものなのだ。ジョゼフ・コンラッドは、進んでその誘惑に屈した。ここでは短篇「運命のほほえみ」だけを引いておく。この物語は、インド洋に浮かぶ真珠のような島での、神秘的にして崇高な女性との恋愛で幕を開け、なんと、ジャガイモの取引の報告で幕を閉じるのだ！

嘲弄というデーモンに、まるで突発事故かなにかのように、一作品でだけ屈してしまう作家も存在する。たとえばフォークナーの『標識塔』は、そうした特別な小説である。拒まれた恩寵、不可能な愛、誤解からなるこの小説において、フォークナーの呪詛は不条理に接近している。滑稽かつ悲壮な特派記者は、自分を魅了してやまない曲芸飛行士たちや、自分が愛する女を、助けようと思いながらも不幸にしてしまう。

サミュエル・ベケットの場合は、矛盾が同じ時間のなかに凝縮されていて、思考の吃音(きつおん)状態にまで達している。たとえば『モロイ』(一九五一年)では、作家は意図して、カミュ『異邦人』(一九四二年)冒頭の「けさ、ママが死んだ」の明晰さどころではない地点に立って、似たような状況を次のように語る。「たとえば、母の死ということがある。ぼくが着いたとき、彼女はすでに死んでいたのだろうか？　あるいは、もっと後でやっと死ぬのだろうか？　つまり、埋葬のことなのだが、わからない。たぶん、まだ埋葬されていないいんだ……」

スイングドアのように揺れている文章のあいだから、不安が入り込む。

こうした作家たちにとって、嘲笑とは、生きる主体と、その生を裁く主体とのあいだで、また、苦しむ主体と、苦しむのを見る主体とのあいだで揺れ動くことなのだ。自分自身を否定しなければ、二つのありようをいっしょに受け入れることはできない。その次に、嘲笑の奥底から、おのれに対する憐憫の気持ちが生まれて、悲しい幸福感がもたらされる。作家はあとはペンを手にするだけでいい。戯曲の最後で、敗北したワーニャ伯父さんが、うちひしがれた様子で、「二月二日、油二〇リットル。二月一六日、またもや油二〇リットル……」と書き始めるのと同じことだ。実際、自分の悲しみと、悲しみの昇華とを同時にかきまわす、内心の揺れ動きに運ばれて、その人はかなり慰められていることになる。

矛盾の果てには、沈黙への誘惑がある。なんのために書くのか？　だれのために書くのか？　意思を通じ合う必要を感じることなく、作家でいられるのだろうか？　意思疎通するのか、あるいはこれを拒否するのか、これはその個人に突きつけられるもっとも厄介な問題のひとつである。

「意思疎通の拒否とは、もっとも敵対的な意思疎通の手段ではあるが、もっとも強力なものでもある＊……」と、ジョルジュ・バタイユは書いている。

では、自分の孤独や絶望を表明するために書く人間については、どう考えればいいのだろう？　モーリス・ブランショが、こう述べている。「「わたしは孤独だ」とか、ランボーのように「ぼくは本当に墓の彼方にいる」と書く書き手は、かなり滑稽だと判断されかねない。自分の孤独を意識しながら、人間が孤独であることをさまたげる手段によって、読者に語りかけるのは、滑稽である。」〔『踏みはずし』一九四三年〕

文体の美しさに満足しているような絶望は、いささかも絶望ではない。ブランショが述べるごとく、「おのれの悲惨さを表現することで、自分が感嘆すべき存在となる」ということのうちには、なにかしら怪しげなところがある。

沈黙は、いかなる発話(パロール)よりも、いかなる書かれたもの(エクリ)よりも、破壊的な力をはらんでいる。マルセル・アルラン＊にいわせれば、「もっとも希少な大胆さとは破壊ではなく、棄権である。「ノン」と口にするよりも、もっと大きな暴力、それは沈黙なのだ」ということになる。

このわたしは、多くの作家のようにたくさんものを書いてきたわけだが、沈黙に誘惑されてもいて、パスカル・ピア＊という人物のことがつねに気になっている。若い頃ピアは『イラクサの花束』という詩集を書き上げた。この詩集がガリマール社から刊行されると決まったのに――一九二四年のことだった――彼はその原稿を回収してしまった。彼が文学よりも上位に置くものは、沈黙しかなかったのだ。彼の拒否には、反社会的な態度がうかがわれるが、それでもいいではないか。エディ・デュ・ペロンは小説『出身地』(一九三五年)において、パスカル・ピアをヴィアラという名前にして忠実に描いているのだけれど(マルローのことも、エヴェルレと名づけて描き出している)、彼の口から次のようにいわせていて、これはまず本当のことだと思う。「才能は、気づかないうちに、人を去勢する。もしもきみの著作が、ライバルの側もそれを賞賛し始めたり、賞をくれたりすることになったら、一巻の終わりさ。きみは由緒正しい文芸なるものの世界に連れ戻されて、それからは、もっぱら国民芸術のこの上なく偉大なる栄光のためにがんばるしかなくなるんだからね。」

自分が個人主義であることを少しでも感じるならば、由緒正しい文芸とか、国民芸術のこの上なく偉大なる栄光といったことについて、再考を迫られるはずだ。こんなゲームに付き合う気になれないのは本当なのだから。

沈黙の信奉者としてのパスカル・ピアには、むろん先駆者が、闇の中にとどまることを選んだ傑出した人々がいた。そうしたことは知りようがないではないかといわれるかもしれない。ところが、一人はちゃんとわかっている。ショーペンハウアーの弟子のポール・シャルメル＝ラクール(一八二七—一八九六)で、彼は『ある厭世家の研究と考察』の公刊を拒否しているのだ。そして実人生において、この厭世家は、知事、代議士、大使、大臣などを歴任している。

ピアは、自己矛盾する権利とおさらばする権利に関するボードレールの発言を、しばしば引き合いに出している。わたしがこの二つの権利を知ったのも、ピア経由なのである。カミュの『手帖』でも言及されているけれど、これまたピア経由である。もしもピアがまだ生きていたならば、この確信犯的無神論者は、神を冒瀆する権利を付け加えたにちがいない。なぜならば、現在では、荒唐無稽な理屈や、それ以前のと同じく、そのうちに消え去るはずの神的な存在の名において、厳しい戒律を求める信者たちが――ある者たちはおのれの帝国を戦争に引きずりこみ、別の者たちは死刑を宣告して――、服従する男女を人間爆弾に変容させているではないか。彼らの預言者〔ムハンマド〕の風刺画が遠い国の新聞に載せられただけで、彼らは町を焼き払い、人々を殺害するのだから。

話はこれだけでは終わらない。パスカル・ピアは、ボードレールの二つの権利に加えて、沈黙する権利を付け足したばかりか、生涯の終わり近くになって、無の権利をも主張したのである。つまり、死後、自分のことについて、だれかが話したり書いたりすることを禁じたのみならず、彼の死を告知することも禁じたのだ。しかしながら、忠実にして裏切り者でもある、われわれ何人かの友人は、彼の思い出を安らかに眠らせてはおかなかった。

この実際の経験に対して、一人の虚構の人物を結びつけたい誘惑に駆られる。それは書く人（エクリヴァン）バートルビーにほかならない。メルヴィル〔一八一九―一八九一〕の短篇の主人公バートルビー*〔「書記バートルビー」一八五六年〕は、かつては幸福なる少数者から深く愛された存在であったのだが、現在では、これでもかとばかりに引用され、食いものにされている感がある。だからといって、このわたしは彼を否認する気持ちになどなれない。バートルビーは、われわれが了解している意味での作家（エクリヴァン）ではなく、なにごとに対しても「そうしないほうが好ましいのですけれど」と答える「書記」、筆写人なのだ。

このバートルビーは以前、配達不能郵便部局で働いていたのだった。「配達不能郵便*」とは、われわれにとってなんたる隠喩であることか！　行く手に沈黙が待ち受けているわれわれを励ますために、だれか守護聖人が必要となったら、わたしはためらいなくバートルビーをお薦めする。

二〇番目の権利、つまり沈黙の権利について、このわたしは饒舌でありすぎたから、そろそろ沈黙を実行するべき時だと、人々は考えるのではないだろうか。

【訳注】

47頁　**近ごろ〜自己矛盾する権利**　「フィロクセーヌ・ボワイエのアルバムに」、『断片・アルバムへの書き込み』所収。

48頁　**ボードレールの恋人**　ちなみに『悪の華』の49「毒薬」から57「あるマドンナに」までは「マリー・ドーブラン詩篇」とされ、「旅への誘い」「秋の歌」なども含まれている。

48頁　**『異常な物語集』**　翻訳はボードレール、一八五六年、ミシェル・レヴィ刊。序文は「エドガー・ポー、その生涯と作品」として知られる。

49頁　**久しい以前から準備された自殺**　一八四九年一〇月三日、泥酔しているところを発見され、病院にかつぎ込まれたが、その四日後に死去。ポーの死の真相は謎のままである。

50頁　**マクシム・デュ・カン**　作家（一八二二―一八九四）。フロベールの友人として知られる。

50頁　**もの悲しく〜すべてが**　「一九二五年一一月一四日」と日付がある、無題の詩の冒頭である。グルニエは仏訳を引用しているが、原文も参照しつつ訳した。

52頁　**現実問題として〜決定されている**　*Trois fureurs*, Gallimard, 1974.

52頁　**ロマン・ギャリが自殺した日**　一九八〇年一

二月二日。ちなみに、彼の元の妻で女優のジーン・セバーグは前年の九月八日に自殺した。
52頁 **自殺に関する有名なアンケート**　一九二五年、《シュールレアリスム革命》第二号で、「自殺とはひとつの解決法だろうか?」と題して、アンケートがおこなわれた。フランシス・ジャムを筆頭に、アルトー、ジャン・ポーラン、ルネ・クルヴェルなど、多くの回答が載っている。
52頁 **ルネ・クルヴェル**　一九〇〇―一九三五。引用は、前述の、シュールレアリストによるアンケートへの回答から。
53頁 **ローマ通りを〜一日たりともなかった**　マラルメがロマン・クルに告白したとされる言葉で、マラルメ自身がこのように書いたわけではない。なお、ローマ通りはパリのサン＝ラザール駅の西側の道。
53頁 **ミシェル・レーリス**　詩人・民族学者(一九〇一―一九九〇)。『ゲームの規則』など。
54頁 **ポール・ブールジェ**　一八五二―一九三五。『弟子』などで知られる小説家・批評家だが、ラフォルグの才能に注目して引き立てた。
55頁 **フィリップ・ジュリアン**　美術批評家(一九一九―一九七七)。邦訳に、『世紀末の夢――象徴派芸術』『一九〇〇年のプリンス――伯爵ロベール・ド・モンテスキュー伝』。
56頁 **父親がしたように〜思ったにちがいない**　なお、ヘミングウェイの孫で女優のマーゴ・ヘミングウェイ(一九五四―一九九六)など、この一族は自殺者が多いことで知られる。
57頁 **自殺へのアンケート**　本文五二頁とその訳注を参照。
58頁 **「おさらば」したのだった**　一九一〇年一〇月二八日(西暦だと一一月一〇日)、トルストイは家出したが、急性肺炎をおこし、小さな田舎の駅で死んだ。
58頁 **スタンダールが述べているけれど**　『アンリ・ブリュラールの生涯』第四三章。
58頁 **わたしは〜別の顔を与えている**　『エセー』二・一「われわれの行為の移ろいやすさについて」。
59頁 **ルイ・ギユー**　ブルターニュ出身の小説家(一八九九―一九八〇)。『黒い血』は一九三五年の作。
59頁 **レーモン・ドゥヴォス**　ベルギー生まれのコ

メディアン（一九二二―二〇〇六）。

59頁　**エマニュエル・ベルル**　ジャーナリスト・作家（一八九二―一九七六）。

60頁　**「ノリ・メ・タンゲレ」と題したタブロー**　「われに触れるなかれ」という意味の絵画で、制作年代は一五一八年など諸説あり。プラド美術館蔵。

61頁　**新たな名前**　「エイズ」のこと。

62頁　**ドーデの作品**　自伝的な要素の濃い教養小説『プチ・ショーズ』（一八六八年）のこと。

62頁　**わたしは彼らが大好きだった**　ジャン・ゴーサンは『サフォー』（一八八四年）に、ゴーシェ神父は短篇集『風車小屋だより』（一八六九年）の一篇に、ジョワイユーズ氏は政界を描いた長編『ナバブ』（一八七七年）に現れる。

62−63頁　**エドゥアール・ドリュモン**　反ユダヤのジャーナリスト（一八四四―一九一七）。日刊紙《自由言論》により、ドレフュス事件でも影響力を行使した。著書に『ユダヤ人のフランス』（一八八六年）など。

63頁　**レオン**　一八六七―一九四二。ドレフュス事件で、国粋主義の論客として頭角を現し、その後はシャルル・モーラスと手を組んで《アクション・フランセーズ》紙を創刊。

63頁　**ラ・ボエシー**　ラ・ボエシーは『自発的隷従論』のこと。

65頁　**フロベールの叫び**　ジョルジュ・サンド宛書簡、一八六六年一一月二七日。

67頁　**意思疎通の拒否とは～強力なものでもある**　『内的体験』。ランボーに関する個所での言及。

67頁　**マルセル・アルラン**　雑誌《N・R・F》を中心に活躍した作家・批評家（一八九九―一九八六）。

67頁　**パスカル・ピア**　作家・ジャーナリスト（一九〇三―一九七九）。《コンバ》紙の編集長（カミュが編集主幹）。カミュの『シーシュポスの神話』はピアに捧げられている。ちなみに、新発見のランボーの詩だとして、一九四九年にメルキュール・ド・フランス社から刊行された『精神の狩猟（*La Chasse spirituelle*）』に「序文」を寄せたのが、パスカル・ピアであった。なお、グルニエは次のようなパスカル・ピア論を書いている。R. Grenier, *Pascal Pia ou le droit au néant*, Gallimard, 1989.

69頁　**主人公バートルビー**　ブランショ（『災禍のエ

クリチュール』一九八〇年)、デリダ(「抵抗」一九九一年)、ドゥルーズ(「バートルビー、または決まり文句」一九八九年)、アガンベン(『バートルビー――偶然性について』一九九三年)なども、バートルビーを論じている。

70頁 「**配達不能郵便**」 直訳すれば「死んだ手紙(デッド・レターズ)」。

私生活

昨今では、物書きが社会的な威信や重要性を大幅に失ってしまったとはいいながら、メディアの発達のおかげで、作家は脚光を浴びる存在でもある。なかには、通常はもっぱらスターがターゲットとなるような、プライバシーの侵害を受ける作家もいる。そればかりか、みずから進んでそうした扱いを求める連中だっている。ミシェル・コンタ*が、「その人がパブリック・イメージを生みだしたというだけの理由で、その人に関するすべてを知る権利を与えてしまう、このメディア的全体主義という形」と述べているとおりだ。こうした現象は、ミュッセとジョルジュ・サンド、ダンテとベアトリーチェ、ペトラルカとラウラ、あるいは自身が演出者でもあったバイロンやシャトーブリアンなどにさかのぼらなくても、サルトルとボーヴォワールのことを考えてみればわかるごとく、昨日や今日の話ではない。とはいえ現在では、世間で名をなしたというだけで、作家として通用させることに成功している三文文士が、男女を問わずたくさんいるのも事実だ。

ジェラール・ド・ネルヴァルは、今日ではとても想像しがたい状況で、公衆のさらし者にされて犠牲者となった。ジュール・ジャナン*が一八四一年三月一日の《ジュルナル・デ・デバ》紙で、アレクサンドル・デュマが一八五三年一二月一〇日の《ル・ムスクテール》紙で、ウージェーヌ・ド・ミルクールが一八五四年刊行の「同時代人たち」というシリーズの小篇で友人ネルヴァルを取り上げ、彼の精神錯乱について公然と語ったのである。ミルクールが書いた小冊子についてネルヴァルは、一八五四年六月一二日の父親への手紙で、「これでは故人の伝記です」、自分を「小説の主人公」にしてしまっていると述べている。そして自作『火の娘』〔一八五四年〕に、アレクサンドル・デュマ宛の序文を付けて、こう書くことになる。「わが親愛なる師よ、かつて『ローレライ』をジュール・ジャナンに捧げたのと同様に、わたしはあなたに本書を捧げます。あなたと同じく、ジャナンにも感謝しなくてはなりません。数年前、人々はわたしが死んだものと思い、ジャナンはわたしの小伝を書いたのです。そして数日前には、わたしは気がふれたものと思われて、あなたは、あなたのこの上なく魅力的な文章のいくばくかを、わが精神に対する墓碑銘として捧げてくれました。こうして、いわば相続分の前渡しとして、わたしに栄光が降ってきたのであります。」

それにしても、ある作家の作品を理解するためには、その私生活を知ることが重要なのだろうか？　この議論は、マルセル・プルーストによって、『サント＝ブーヴに反論する』〔刊行は死後の一九五四年〕において華々しく始められた。プルーストは、教養もあり、鋭敏な知性の持ち主であるサント＝ブーヴが、驚くほど終始一貫して、同時代の作家たちの価値を見誤っていたことを確認する。なぜであろうか？　嫉妬心によって説明できるものではない。スタンダールやボードレールといったあまり知られていない作家・詩人に、彼が嫉妬するはずもない。原因は、彼の方法論にある。サント＝ブーヴは科学的な態度を保持したいと思っていて、こう述べている。

「わたしにとって文学とは、その人間の残りの部分と区別しがたいもの、少なくとも分かちがたいものである。一個の人間を、すなわち純粋精神とは別のものを知るためには、いくら多様な方法を用いて、いくら多くの手がかりから着手しても、やりすぎるということはない。ある作家について、いくつかの問いかけをしてみるというなら、それが自分だけのために、小声でつぶやいた問いかけだとしても、それに答えないかぎりは、その作家をすっかり把握したという確信など持てないはずだ。たとえ、その問いが、作家の書いたものの性質とまったく無関係に思われようとも、ことに変わりはない。作家は宗教についてどう考えていたか？　自然の光景を前に、どのように心を動かされたか？　女性や、金銭のことで、いかにふるまったか？　金持ちだったのか、貧乏だったのか、はたまた、日々の節制や生活のスタイルはどうだったのか？　どんな悪癖があり、どんな好みがあったのか？　こうした質問に対する答えの一つひとつが、ある書物の著者を、その著作自体を評価するのに、どうでもいいはずがないではないか……」（『新月曜閑談』）

こうしてサント＝ブーヴは最終的に、自分が文学の植物学をおこなっていると考えたのである。

だがプルーストは、こうした知識はなんの役にも立たないし、むしろ読者を惑わせかねないとして、こう述べる。*「一冊の書物とは、われわれがふだんの習慣や、人付き合いや、悪癖において露呈している自我とは、別の自我の所産なのである。このもうひとつの自我を理解しようと思うならば、自身の奥深くまで降りていって、自分のなかでこの自我を再創造しようと試みなければ、目的は達せられない。こうしたわれわれの内心の努力を免除してくれるものなど、なにひとつありはしない。」

プルーストは、こうも書く。「スタンダールの友人だったからといって、いかなる点で彼をよりよく評価できるというのか？　むしろ反対に、このことが正しい評価のさまたげになることだって、大いにありえるではないか。」

スタンダール本人や、その友人たちを知っていたサント＝ブーヴであるが、スタンダールの小説を、「率直なところ、どれもこれもひどい代物だ」と考えていた。

プルーストがサント＝ブーヴを批判するのは、彼が「文学という仕事」と「会話」の差異を認識していなかったからだ。「孤独のうちにありながら、われわれのものでもあれば、他人のものでもあるようなことば（パロール）を沈黙させること。たとえ孤独であろうとも、われわれはそのようなことば（パロール）によって、自分自身になることなくものごとを判断してしまうのだから。そして、自分自身とあらためて向き合って、自分の心の本当の響きを聴き取ろうと努め、これを表現すること。これが文学という仕事ではないか」というのである。

プルーストはバルザックに関して、彼の私生活、家族やハンスカ夫人への手紙などからして俗物だと考えてはいたものの、バルザックを賞賛している。* シュテファン・ツヴァイクも、こうした問いかけをおこなっている。ツヴァイクは作家バルザックを賞賛し、この人物を賞賛する理由を探し求めて、それが見つからずに腹を立てる。そして天才が不可解であることを発見する〔『バルザック』〕。

ガエタン・ピコン*は、プルーストがこれほど激しくサント＝ブーヴに反駁したのは、天才は、知性とは異なる秘密に立脚する存在だと信じる必要があったからだと考えている。その生き方が浮ついて、からっぽで、失敗だといえる人間であっても、偉大な作品を創造することは可能である。実際、プルースト自身の場合から始めれば、この問いを避けることはできない。この耐えがたい社交人士が、リュシアン・ドーデ*が「不快な虫けらのような奴」と呼んだ人物が、いったいどうして『失われた時を求めて』の作者になれるのだろうか?

ポール・ヴァレリーは、有名なレオナルド・ダ・ヴィンチ論(『レオナルド・ダ・ヴィンチの方法』)を、「レオナルド本人はといえば、ひっきょう彼は彼なのであった」と、芸術家とその作品とのあいだに、みごとなまでに距離を置いた表現でもってしめくくっている。

フロベールは友人であってもサント＝ブーヴに反対して、プルーストの側に立っているといえよう。一八五九年八月二一日、例によって奔放な調子でエルネスト・フェドー*にこう書いている。「いまとなっては、もうこれ以上生きられません。芸術家であるからには、食料品店の主人、登録検査官、税関職員、下請けの靴職人といった連中に、きみの出費で楽しんでもらわなければだめですよ！ きみが黒髪なのか金髪なのか、ひょうきんなのか陰鬱なのか、幾星霜も齢を重ねて、飲酒癖があるのか、あるいはハーモニカが好きなのかを、連中に教えてやる人々がいるわけですよ。でも、ぼくは逆で、作家が放出すべきは、作品だけだと思います。本人の生活なんてどうでもいいのです。そんなぼろ着は、引っ込めればいいんだ！」

フロベールは別の書簡〔ルイーズ・コレ宛〕で、こうまで言い放つ。「芸術家というのは、後世の人々に、彼には充実した人生などなかったと思いこませるように、うまくやらないとだめなんです。」

チェーホフもまた、プルーストの陣営にいるといえよう。『手帖』に、こう書きつけているのだ。「人間たちを評価するとは、なんと楽しいことか！　本を見ているとき、わたしには、著者の恋愛がどうしたとか、トランプをしたかなどは、どうでもいい。わたしが知っているのは、彼らのすばらしい作品だけなのだ。」

ヘンリー・ジェイムズも同様であって、短篇「本当に正しいこと」で、こう書いている。「ときとして、彼の友人はこんなことを主張するのだった。ジョンソンやウォルター・スコット、まあボズウェルとかロックハルトを付け加えてもいいけれど、こういう作家の場合を例外として、芸術家というのは、作品のなかにそのすべてが存在するわけで、それ以上のものではないのだから、作家の「文学上の」経歴だけにとどめておくほうがいいのだ。」

この幻想的なコントでは、死んだ作家の亡霊が出現して、彼の伝記を書く邪魔をする趣向となっている。

プルーストは、妥協をこばむ感がある。天才においては、作家のひとつの真実なるものが存在し、これは神秘的で、社会的な外見や私生活では説明できない、と彼が述べるのは正しい。けれども、『ジャン・サントゥイユ』〔一九五二年、没後刊〕のなかで次のように書くとき、彼は自分の理論を否定していることにもなる。「われわれの人生は、われわれの作品と絶対的に分かたれているわけではない。

わたしがあなたにお話しする場面はことごとく、わたしが経験したものなのである。」

しかも、多くの場合、『ジャン・サントゥイユ』や『失われた時を求めて』の登場人物たちは詮索好きで、自分が近づく芸術家についてすべてを知ろうと夢中になるではないか。

フロイトは、プルーストの場合と似かよったものの見方をしていて、レオナルド・ダ・ヴィンチなどの私生活を遠慮なく掘り下げている。

こうした点に関して、J＝B・ポンタリス*は冗談半分に、プルーストもフロイトも、自分たちの私生活をほじくり返してほしくないから、サント＝ブーヴが提唱した方法に敵対したのではないかと述べている。たとえば、ドブネズミをいじめるというプルーストの倒錯した性癖*が露見したら、どうなることか。それにしても、他人の私生活とは、厄介な代物ではないか！

この問題はニーチェも考察しているが、視点が異なっている。ニーチェは、われわれが作者のことを知ることで、その著作や人格に対する考え方が歪められるとする。

「われわれは、友人にせよ、敵にせよ、自分が知っている人間の著作は二重の読みをすることになる。なぜならば、この知識が脇からたえず、「ほら、やはり彼だからだ。ほら、これが彼の本質を、彼の人生や才能の決定的な瞬間を特徴的に示しているんだ」などとささやきかけることになるではないか。そしてまた同時に、別の種類の知識が、この作品の内在的な寄与はいかなるものだろうかとか、作者とは関係なく、作品自体がいかなる評価に値するのだろうか、この作品はわれわれにいかに充実した知見をもたらしてくれるのかを確定しようとすることになる。そして、この二種類の読解と評価が、相互に邪魔し合うことはいうまでもない。」(『人間的、あまりに人間的』)

もっとも、作品が、実人生によってしか説明できない場合はどうすればいいのだろうか？ この認識方法と手を切るいわれはないではないか。

アルベール・カミュについては、読み書きもできないような階層として生きたみじめな少年時代を知っていれば(彼はこのことを、処女作『裏と表』(一九三七年)でも、遺作となった『最初の人間』でも書いている)、文学に対する彼の敬意や厳しさ、そして文体の格調も納得がいく。同じく、病気にたえずおびやかされながら、海辺で日差しを浴びて過ごした青春時代が、彼の作品や思想の大部分を説明してくれる。

結局のところ、この点についてはプルーストが正しいのだけれど、著者とは単なる生産者ではなくて、内なる自我を著作に込めているとするならば、読者はこの自我に引きつけられることになろう。そして読者は、テクストのなかに、この個人的にして私的な部分を探し求めるであろう。

一九二二年、若き日のアラゴンがこう書いている。「わたしは本を読んでいると、本能的に著者を探そう、彼を見つけて、「書いている」彼を直視しよう、彼が語っていることではなく、「述べている」ことに耳を傾けようとして、すごく夢中になる。どうしてかというと、詩、小説、哲学、格言集といった文学的なジャンルのあいだに、わたしはいささかの区別も見てはいないし、わたしからすると、すべてが同じようにことば(パロール)だからである。」

フロイトは、どの子供も「ファミリー・ロマンス」を作り上げ、その後、これを抑圧することを示した〔「神経症者たちの家族ロマン」一九〇九年〕。作家はどうかといえば、ファミリーのではないが、少なくとも個人の小説を作り続ける。マルト・ロベール*は、小説家なるものが多かれ少なかれ、自分の「感情教育」や、「修業時代」や、「失われた時を求めて」を同時に詳しく物語ることに注目した。作家にとって逆説的なのは、自分の秘密を一枚の紙切れに打ち明けることだ。しかしながら、作家は虚構を装って秘密を隠すように気をつける。

自分のことを吐露するのは、別に小説家の専売特許ではない。詩人もまた、こうした方法をとるのであり、それも哀歌にかぎったことではない。小説が書かれるはるか以前、何世紀ものあいだ、さまざまな文明において、詩なるもののほとんどは、詩人による、人生や、恋愛や、苦悩や、宗教心や、流謫(るたく)の身についての感情の発露によって作られていた。「レリオ、オクターヴ、アルチュールといった名前で、小説のなかで自分を描いたり、一巻の詩集のなかで、自分の心の奥底の感情を吐露するほうが、より慎み深いのだろうか?」と、ジェラール・ド・ネルヴァルは問いかけている〔『粋な放浪生活』一八五二年〕。自分の生きざまや病気を、友人たちが公表してしまったことについて、彼は次のような理屈を考える。「衆人の眼差しにさらされて生き、栄光に包まれようと、破滅しようと、もはや無名という恩恵に達することはかなわないのがわれわれだ。われわれの個性の発露を許したまえ。」

現代詩などは、抽象化に向かっているし、空気が希薄になったような世界のなかに位置しているから、私生活とはあまり関係ないと考えられがちだ。でも、そうとはかぎらないのである。数学という学問に支えられた知的な詩を創作するジャック・ルーボー〔一九三二―〕でさえ、『なにか くろい もの』〔一九八六年〕できわめて個人的な不幸を語っている。

こうした問題は、劇作家、映画監督、さらに批評家にも見出せる。また、ジャン＝ポール・サルトル、ミシェル・フーコー、ロラン・バルトといった哲学者たちにはっきりと認められる。すでにデカルトからして、『方法序説』に自伝的な要素を盛りこんでいる。このきわめて重要な論考において、デカルトは、冬のあいだ「オランダのストーブで暖まった部屋*」で考察をめぐらせるわが姿を描いている。

つまり、ひとつの往復運動が、弁証法が、ほとんど矛盾とでもいえるものが存在するのだ。人は内省するけれど、それは他者とよりよく意思疎通するためにほかならない。

作者が自分の私生活を掘り下げる場合、これを潤色し、変容させるとしても、今度はその人個人の羞恥心という問題にぶつかる。単なる無遠慮をこえて、彼は自身の最深部に埋もれているものを白日の下にさらすことになる。

持ち前の「ナンセンス」趣味により、フリオ・コルタサルは、「芸術家ならば、スマートに身を引くであろう自画像*」について語っている。この皮肉な言い方が、多くの作家がなにを希求しているのかをあらわにする。つまり作家というのは、見えないようにして現前し、自分自身について、さりげなくすべてを語りたいのである。

作品に材料を提供すべく、自分のエッセンスを差し出すというのが、スコット・フィッツジェラルド〔一八九六―一九四〇〕いうところの「支払うべき対価」である。「ぼくは自分の感情にすごくたくさんのことを要求した。なにしろ、一二〇もの短篇を書いたのだ。キップリングもいうように、これが支払うべき対価なのだった。というのも、どのストーリーにも、ぼくの血とか、涙とか、精液ではないにしても、ぼくのなかでもっと親密なものがなにかしら、混じっているのだ。それは、ぼくが余計にもっていたものなのだった。」（『フィッツジェラルドのノートブック』一九七八年）

スコット・フィッツジェラルドは、自分の話をまるごと入れないと作品を書けないタイプの作家だった。だから、その想像力が枯渇してしまってからも、彼は自分の苦悩を奥深く掘り下げることで、あの『崩壊』を書き綴ったのだった。

もう一人のアメリカ人作家ジョン・ドス・パソス（一八九六—一九七〇）は、ものすごく絶賛された後に、今度はあまりにも見向きされなくなってしまった感があるけれど、彼は告白の文学とスペクタクルの文学とを区別していた。そしてもちろん、『マンハッタン乗換駅』（一九二五年）や、「U・S・A」三部作*といった自作を、スペクタクルの文学として分類している。だがわたしには、スペクタクルの下に告白を見出せるような気がしなくもない。

若い小説家の処女作というものは自伝的であることが多い。ところが、それは当人がまだ、人生経験が少ない時期である。そしておそらく、より優れた作家たちは、自分の人生、あるいは自分の家族の歴史で、もっとも個人的かつ内輪のことがらは、ずっと後に書く作品のためにとっておくのである。

これとは逆に、もっぱらある秘密を隠すために書いていると思われる作家も、なかには存在する。ポール＝ジャン・トゥーレ*は、小説でも——正直いって、反ユダヤ主義の言辞など、その当時のどうしようもない紋切り型だらけの凡庸なものであったが――、それよりもずっと魅力的な詩でも、また自分自身に宛てたという趣向の書簡文でも、自分の傷口は見せなかった。友人たちは、彼の心が傷ついていることを知っていた。なぜ？　だれのせいで？　彼の詩の美しさのひとつは、まさしく、その軽快なファンタジーの背後に、悲しみの、いやたぶん絶望のヴェールが漂っていることにある。われわれには真相など、絶対にわかるはずもない。「反脚韻（コントルリーム）」の最後の四行は、まるで挑戦するかのごとく、このことを主張している。

生きることが義務ならば、ぼくがそれをさっさと片づけたときに
せめてぼくの屍衣が秘密の代わりになってほしい。
ファウスティーヌよ、死に方を、それから口のつぐみ方を知る必要がある
ジルベールのように、鍵を呑みこみながら死ぬことを。

（詩人ニコラ・ジルベールが三〇歳で奇妙な死をとげたこと*をほのめかしている。『不幸な詩人』の作者ジルベールは、錯乱状態で自分の鍵を呑みこんだ。）

どんな人間でも、人生のうちに一つや二つは、絶対に話したくないことがあるものだ。秘密の時間帯である。だが、それが作家の場合は、どうやら、そうした秘密が小説のただなかに隠されているらしいことが見てとれるであろう。

ディケンズが非常に不幸な少年時代を過ごしたことは、よく知られている。このことの責任は、両親のいい加減さと利己主義にある。父親はおしゃべりで、借金のせいでしばしば監獄に入れられたが、これはミスター・ミコーバー*のモデルともいえる。『デイヴィッド・コパフィールド』（一八四九―五〇年）の第一一章では、ディケンズが一二歳の頃の生活が、ほんの少し移し替えられたまま描かれている。* 一週間に六シリングか七シリングで、デイヴィッドは今にも崩れそうな倉庫で、空き瓶を洗ったり、樽に詰めたりして働き、想像しがたいほどの悲惨で屈辱的な状況に甘んじていたのだ。

　ディケンズは、この体験をためらうことなく『デイヴィッド・コパフィールド』に使ったわけだが、実生活においては、この悪しき思い出を、最高機密のごとくにしまい込んだ。決して話そうとはしなかったばかりか、ロンドンでは、自分がかくも不幸であった場所を避けて、わざと遠回りをしていた。発見された「自伝的断片」なるテクストには、次のように書かれていた。「ぼくがいま、喜んで終わらせた少年時代について、これまでだれにも話したことはなかった。……ぼくは、こうして少年時代のことを紙に書いている、このいま現在まで、心中を吐露したい発作に駆られたときでも、妻をも含めて、神さまのおかげで、下ろしてきたカーテンを上げるようなことはしてこなかった。古くなったハンガーフォード市場やハンガーフォードの階段が取り壊されて、あの土地の様子がすっかり変わってしまうまで、ぼくには、自分の奴隷時代が始まった場所に戻る勇気は出なかった。あの場所を二度と見たことはなかった。そこに近づくことなど耐えがたかった。何年ものあいだ、ストランド河岸のロバート・ウォレンズの工場の近くを通る場合も、道の反対側を歩いて、黒い石炭の上に置かれたセメントの臭いを避けたものだ——この臭いが、かつてのぼくのことを思い出させてしまうので。チャンドス・ストリートまで上っていくのが楽しいことになるには、ずいぶん長い時間が必要だった。もう長男が口をきけるようになっているのに、この地区を通って帰宅するときには、ぼくはつい泣いてしまうのだった。」

　こうしてチャールズ・ディケンズとデイヴィッド・コパフィールド、すなわちC・DとD・Cは、屈辱を味わわされた子供として再会をはたす。屈辱とは、そのことを思い出すのがつらい感情である。しかし、この感情に触発されて多くの書物が生まれた。生涯、嘲弄され続けたあげく、忘れられた作家レオン・アレガは、私小説に近いわたしの作品について、「これは屈辱論ですね」と述べたことがある。こうしたことばが彼から発せられたのは、大変な讃辞なのである。またチェーホフの多くの短篇のなかに、こうした屈辱を受けている子供が容易に見つかる。「ぼくには子供の頃、少年時代なんてなかったのです」というせりふが、何回も出てくるのだ。

『デイヴィッド・コパフィールド』では、打ち明け話が意識されている。けれども、多くの小説においては、そうしたことはない。告白は、妄想（ファンタスム）や強迫観念（オブセッション）という形をとって姿を現すのだ。たとえばドストエフスキーの場合、『悪霊』『罪と罰』『永遠の夫』といった作品のうちに、少女を犯すことへの暗示を読みとらずにはいられない。

　かなり風変わりなのが、ジョゼフ・コンラッドの視点だ。あえて自分の心の奥底をさらけ出すことで読者を感動させるのは、天才でなければ無理だと彼は考えていた。失敗すれば、笑いものになるだけだというのだ。「いかなる小説にも自伝的な要素が含まれているというのが本当だとしても（創造する人間は、その行為において自分自身を表現せざるをえないのだから、このことを否定するのはむずかしそうだ）、なかには、自分の内心の感情を開陳することに対して嫌悪感を抑えきれない小説家も存在する。わたしは慎み深さという美徳を、みだりにほめたたえるつもりはない。これはたいてい、気質の問題にすぎない。とはいえ、冷淡さのしるしとはかぎらず、プライドということかもしれない。本物の感情という矢を放ったのに、それが、笑いにせよ、涙にせよ、的を外れるのを見させられることほど、屈辱的なことはない。まったく、これほどの屈辱はありえない。的を外し、自分の感情を開陳したのに、読者の心を動かせなかったとあらば、あとはもう、嫌われ、軽蔑されることは避けがたいのである。」（『個人的回想』）

もっとも、一九七〇年にセルジュ・ドゥブロフスキー*によって「自伝的虚構（オートフィクション）」と命名され、流行したジャンルの作家たち*は、このようなことをおそれるはずもなかったわけだが、このジャンルの作品は結局は、いずれも、書店の棚の屑となりはてた。

もっとも私情をまじえない作品が、著者にとって非常に親密なことがらを意味する場合もままある。メルヴィルの偉大なる寓話小説『白鯨』（一八五一年）が典型だ。メルヴィルはこの作品において、壮大なる神話と、彼個人の苦悩との融合をなしとげた。エイハブ船長の捨てばちな問いかけや暴力性は、作者自身のものなのである。これまたひとつの神話を生み出した書物である『ペスト』（一九四七年）は、同時に別離をめぐる小説でもある。というのもカミュは、ある意味において、戦争が彼を孤立させ、アルジェリアから、妻から、近親者たちから切り離してしまった時期に、この作品を書いたのだから。またヴァージニア・ウルフの『オーランドー』〔一九二八年〕は、作者の恋人ヴィタ・サックヴィル＝ウェスト*を描きながら、気まぐれな幻想小説としての体裁も見せている。そして『不思議の国のアリス』〔一八六五年〕のようなおとぎ話において、ドジソン先生〔ルイス・キャロル〕は、アリス・リデルへの情熱的な愛をわれわれに打ち明けている。

　書き始めるということだけで、書き手の最深部にあるなにかの理由が前提となっている。フロベールが、自分を『サランボー』という試みに引き込んだ悲しみについて語っている文章は、すでに引用した。

　注釈者たちは、プルーストも、ジョン・クーパー・ポーイス*も、母親の没後に長篇小説を書いたことに注目する。このことは、彼らは書くために、母親の死を待っていたと言い替えられるのかもしれない。

　ここでは無意識なるものの役割も忘れてはならない。バンジャマン・クレミュー*は、「自作を読み返すと、作家は、これを書いたときには、そこに持ちこんだなどとは思いもしなかった自身の秘密の特徴を、あとから発見する。しかも、ときには、自分でも知らなかったような特徴が存在することが、不意に明らかになったりするのだ。自分の文体で書いたもののすべてには、われわれ自身の真実が、透かし模様として刻みこまれている」と述べている。

　これほどの告白や、心の奥底からの動機というものは、たとえ仮装し、隠されたものであっても、これを広場で打ち明けるとなれば、赤面せずには受け入れられない。これが、われわれが文学に与えているところの、ほとんど宗教的ともいえる価値の秘密なのである。

小説と記憶

「芸術家はだれもが……自分の深いところに比類のない泉を有していて、人生のあいだに、自分の存在や発言に糧を供給してくれるのだ*」と、アルベール・カミュが書いている。それは、処女作『裏と表』のアイデアをなんとかして見つけようとしていたときの発言だ。書くこととは、ふつうは、作品が変わるだけで、つねに一つ二つのことを言い表そうと努めることである。プルーストはこれを、芸術作品の単調さと呼んでいる。それに柄や色をつけて飾り立てるというか、変装させるために、作家は多くの場合、記憶をたどって引き出してきたイメージに訴える。そうしたイメージは、はるか遠い昔からやって来ることもある。フラナリー・オコナー〔一九二五―一九六四〕がいうように、「子供時代を生き延びた人間ならば、だれでも、残りの人生に書く材料が十分ある」のだ。

記憶そのものがすでにして、一個の小説家といえる。記憶というものが、単なる録音機ではなくて、たえず過去を再構成していることが、いまではわかっている。記憶という機械は再生するよりも、むしろ創り出すのだ。われわれの想像力、個性、情熱、心の傷によって育まれるところの、ダイナミックな機械なのである。どのような人間でもそうで、作家の場合、これはより真実なのである。記憶を創作することは、記憶に忠実であることよりも、作家にとっては役に立つ。したがって、小説のモデルが、小説の登場人物とそっくりだということは絶対にない。どのモデルも、ただの口実にすぎないのだ。

人間は老いると、自分が覚えている思い出を「決定版」として固定してしまう傾向があり、これを逐語的に再生するというのは本当なのである。この意味においては、だれもが多かれ少なかれ小説家といえる。

結局、文学的創造がなにによって成立しているのかを自問してみると、現在や過去の現実のなかから選ぶことだといえそうだ。ある人物や、ある物語を前にして、「これは自分に合ってるな」とか、「これは自分には合わないな」とか考えるのである。要するに、自分の感性や、人生観、煎じつめると、ひとつの美学というか、その美学から立ちのぼる音楽のようなものに、合致するのか否かということである。むろん、記憶はこの選択に従うのだし、たぶん、すでにしてそうした選択を終えているのだ。

ひとりの作家と、その思い出との関係は神秘的な関係であって、作家はこの関係を慎重に維持していく。というのも作家は、思い出という源泉と仲たがいしたり、源泉が涸れてしまったりしないかと、いつも気が気ではないのだ。なにしろ、たいていは奇妙な現象が起こるのだ。作家の過去をさかのぼると、自分につきまとう出来事、人間、場所といったものが存在する。作家は最終的には、それらを一冊の本として仕上げることになる。そして、この瞬間から、自分が想像したことと、自分が思い出したこととを区別するのが、不可能とまではいわないにしても、次第次第に困難になっていく。フロベールは一八六六年一一月、イポリット・テーヌへの書簡でこのことを語っている。「現実がぼくにもたらしてくれたところのものが、たちどころにして、ぼくがそれに加えた潤色や変更といったものと、自分では区別できなくなってしまうのです。」

それだけではない。作品が書かれて、長いこと、作家につきまとってきた過去の断片が記憶から消え去れば、それで文句はない。もはやその過去のことなど考えなくなるのだから。これがカタルシスと呼ばれるものだ。こうやって精神は浄化される。要するに、逆説的なことだが、小説は、過去の一部分を救うと同時に、これを破棄するのにも資することになる。言い替えるならば、小説とは記憶をむさぼり食うものなのである。ヴァージニア・ウルフは『灯台へ』を書いているときに、初めて父親と母親のことを活用した。そして『日記』にこう記すことになる。「わたしはこの本をあっという間に書き上げた。書き上げると、母親につきまとわれることはなくなった。もはや彼女の声は聞こえず、彼女の姿がちらつくこともない。」

結局のところ、小説とはいかなるものなのだろうか？　それは作者の精神生活の奥底を映し出すと同時に、外の世界の様相をも映し出す一種の鏡である。現実により真実なイメージを与えるために、現実を解体して、別の仕方で組み立て直す方法だ。より真実なイメージというのは、読者に有効で、世界や自分についてなにかしら教えてくれる、そういうイメージのことだと思う。人生というのは、生(なま)のままではあまりに一貫性を欠き、謎めいていて、そこから教えを引き出すことはむずかしい。この人生を、小説を通じて解体し、再構築すれば、われわれは考えをめぐらせることが可能となる。美的な、そして感情的なレベルの満足感に加えて、われわれに感動をもたらしてくれるのだ。

わたし、われわれ、彼

多くの読者からすると、小説のなかで「わたし」を用いることは、打ち明け話や告白にも等しい。しかしながら、「わたし」とはほとんどの場合、文学的な手法にすぎないのだ。あらゆる方法で、この「わたし」を駆使することができる。「わたし」が単なる語り手のこともあれば、証人のこともあるし、主役のこともある。『失われた時を求めて』において、語り手はマルセルというが、このマルセルという名前が書かれるのは、全作を通じてわずか三回にすぎない*し、それも便宜上、作者から借用した仮の名前なのであって、マルセル・プルーストではない。マルセルは、まさに登場人物である。たしかに、両者は似ているし、文学的な才能も共通している。この「わたし」こそが、『失われた時を求めて』という小説のかなめをなしている。「わたし」のおかげで、小説内部の見通しがよくなっている。語り手の存在は、小説全体をできるかぎり広く見渡しながら、内部の分析をおこなうことを可能にしてくれる。プルーストを探してみれば、マルセルという登場人物にとどまらず、スワンのなかにも、より多くとはいわなくても、同じぐらいプルーストが見つかるはずだ。

『異邦人』では、この世には不在のムルソーの物語が三人称で語られるのだろうと思う。ところがカミュは、ムルソーに「わたし」で語らせて、われわれ読者を、この人物の砂漠のような内心のただなかに置くことを選んだ。

なかにはヘンリー・ジェイムズの『ねじの回転』(一八九八年)のように、複数の語り手が重ね合わされることもある。ジョゼフ・コンラッドはこうした手法に慣れていた。『運命』(一九一三年)では、頭がくらくらするほど語り手が替わり、読んでいても自分がどこにいるのかわからなくなるほどだ。またフォークナーの小説でも、たとえばあの「スノープス三部作*」など、注意していないと、だれが語っているのかわからなくなる。この語り手という登場人物の主たる機能は、ほとんどが、虚構に真実味を与えることにあるわけだが、語り手の多種多様な姿を挙げていたらきりがなくなりそうだ。

一人称複数ではないとしても、一人称単数で、だれかが物語に介入して発話することが、もっと狡猾におこなわれることもある。そういえば、『ボヴァリー夫人』というとても客観的な小説では、冒頭の単語が「ぼくたち nous」であった。あわれなシャルル・ボヴァリー少年が、学校に転校してくる場面は忘れがたい。「「ぼくたち nous」は自習室にいた。そこに校長が、新入生……を従えて」ところが自習室を離れたとたん、この小説は三人称によるふつうの流れとなって、これが最後まで続くのである。

ドストエフスキーの『悪霊』(一八七三年)も同様で、ほとんど三人称の語りで進められるにもかかわらず、最初の部分では語り手が「われわれ」として現れる(この「われわれ」が再登場するのはずっと後で、それもごく一瞬にすぎない)。「これまで注目すべきできごとなどなにもなかったわれわれの町で、最近、起こった異常な事件の叙述に着手して……」

この「われわれ」は読者をなじませて、この物語が展開される町の一市民に仕立て上げようとする。

こうした具合で、主観をまじえない小説においても、急にだれかが発話をはさむことがある――まるで、そうせずにはいられないといったような感じで。このことが、たぶん、その小説に必要とされる真実味を加えることになるのだ。

回想と告白

セリーヌやヘンリー・ミラーの小説のように、自伝に近いと称しながら、作りごとがたくさん混じっている小説はいくらでもある。たとえば、ブレーズ・サンドラールが、セーヌの河底での潜水夫の娘との愛を語るとき、これを信じることはまず無理な話だ。マルグリット・デュラスは、読者の心を強く打とうとして、そこには本当のことはほとんど書かれていないのに、インドシナを舞台にした『愛人（ラマン）』〔一九八四年〕という小説は自分のことを物語っていると言い張った。

こうした偽の自伝と並んで、独創的にして、偉大な文学的創作となりうる、本物の自伝もある。ミシェル・レーリスの名前を挙げれば十分かと思われる。

「回想」とか「告白」とかいった名称で残されている記念碑的な傑作は、単なる人生の物語とはほど遠いものを対象としている。そうした作品がわれわれを感動させるのは、ほとんどの場合、つい筆がすべって、思わず余計なことを述べたからだ。聖アウグスティヌスの意図は人々を教化することであった。レ枢機卿やサン＝シモンの場合は、政治的な戦いの延長であった。ルソーは自分自身のイメージを提示することで、読者に、人間性に対する普遍的な認識を進めてもらえるものと信じていたのだが、あにはからんや、『告白』はたちまちにして、敵対勢力との最終的な論争という様相を呈してしまった。同じく、レチフ・ド・ラ・ブルトンヌは『ムッシュー・ニコラ』（一七九四—九七年）によって、人間の心の内を暴き出して、科学的な著作をものすると主張したものの、実際は、常軌を逸した想像力が、反対方向に彼を引きずっていった。こうした著者たちの存在によって、私生活はテクストのなかに見出されるのみならず、ごく些細な発言を確かめるべく、どうでもいいような人物の身元とか愛人の年齢などを洗い出そうとするところの、研究者たちの編集になる学術的な版の注にも見出されることになった。かくして、カサノヴァよりもシャトーブリアンのほうが作り話が多いことが判明した。

モデル

作家が自分について思いのままになんでも告白したいなら、勝手にそのようにすればいい。しかし、他人の場合はどうなるだろうか？　他者の人生を横取りする権利が、彼にあるのだろうか？　「〔登場人物が〕現実の人物といかに相似していたとしても、偶然にすぎません*」という決まり文句は、そのことのなんの証拠にもならないし、法的な価値もないことを意味する決まり文句である。「この作品の登場人物はいずれも完全に虚構であり、ヨンヴィル＝ラベイそのものも、現実には存在しない土地です*」と、フロベールは臆面もなく嘘をついている。今日では、リ村の四方、何キロメートルも離れたところに観光用の看板が立っていて、「『ボヴァリー夫人』の土地」であるリ村へどうぞおいでくださいと誘いかけている。リ村では、教会の近くにあった墓地はなくなったものの、二つの墓だけはわざわざ残している。小さなピラミッド型をした石碑はデルフィーヌ・ドラマールの墓と、その夫で開業医だったウージェーヌの墓である。わたしがこのちょっとした聖地巡礼をした日には、三、四人のティーンエイジャーがウージェーヌの墓石に腰掛けていた。彼らのせいで墓石の銘が読めないでいると、彼らは立ちあがりざま、「落ち着いてタバコも吸ってられないぜ」と文句をいった。

デルフィーヌ・ドラマール、ルイーズ・プラディエ——それ以外の女性でもかまわないのだが——、『ボヴァリー夫人』のモデルがわかっても、この小説を理解する助けになるわけではない。モデル問題にこだわることは、小説の創造なるものの性質を無視することになる。[*] 画家ならば、そうしようと思えばできるかもしれないけれども、小説家というのはそもそも、これこれの人物の正確な肖像を描くのを目的にすることはまずない。小説家の狙いとは、もっと全体的なテーマ、つまり人生にある。もちろん、素材が見つかれば、作家はこれ幸いと取り入れる。あちらこちらから借りてきた、多くのディテールが役立てられるのだ。それは寄せ木細工に似ている。『失われた時を求めて』などの傑作の場合、作者と出会った可能性のある人物と少しでも似ていないかと思って、こまかく調べることが臆面もなくおこなわれた。だが、そのようなことをしても、作家の才能についてはなにも教えてはくれない。マルセル・プルーストみずからが、『見出された時』で、このことについての考えをじつにみごとに説明してくれる。「文学者は画家をうらやましく思う。自分だって、クロッキーを描き、メモを作りたいところだ。だが、そうしたら終わりだ。文学者がひとたび書いたとき、登場人物の身ぶり、くせ、語り口などは、いずれも作者の記憶によるひらめきでもたらされたものなのだ。どの登場人物にしても、実際に見たことのある六〇人の人物が下地になっているのであり、そのうちの一人がしかめ面のポーズをとり、別の一人が片めがねの、某氏が怒りの発作の、だれそれ某が得意げな腕の動かし方の等々、各人がモデルとなっているのだ。」

ある人に、あなたはアルベルチーヌのモデルではありませんかと聞いたところ、「何人もいましたけどね」と、控えめな返事がもどってきたという。

実際、プルーストが述べているのだが、こうした微細なディテールを通して、小説家は「一般的なことだけを思い出す」のだ。たとえば彼は、心理的な真実を表現しようと思って、どうするかといえば、ある登場人物の肩の上に、別の人物のくせである首の動きをくっつけることによって、その目的をはたすのだ。つまり、作家によるプライバシー侵害は、悪意からではなく、個別的なことの下に人生全体の真実を見出そうとするためにおこなわれるのである。

プルースト以前でも、ジョルジュ・サンドが、「わずか一人の人物を描くにも、多数の人間を知っている必要がある」(『わが生涯の記』一八五五年)と明言している。

サンドはこう考えたのだ。「人間というのはあまり論理的ではないし、現実には、正反対のことや、ちぐはぐなことで満ちているものなので、実際の人間を描くことは不可能だろうし、芸術作品においては、まったく耐えがたいことになろう。……したがって、作者という人間が、登場人物たちに実物からとってきた顔だちを付与することで、これこれの人物を愛させたり、憎ませたりしようと思っているなどと信じるのは、愚かさのきわみである。ごくわずかな差異が、そうした登場人物を型にはまった存在にしてしまう。わたしは、文学においては、現実の人物を、いかにも本当らしい姿にするには、膨大な差異にわけいって、それがモデルに役立ちそうだと思われる人間の欠点なり、長所なりを大幅に上まわるようにしないかぎり、無理だと思う。」〔同前〕

いずれにせよ、フロイトが述べたごとく、*「少しばかり犯罪的にでもならないと、本物などなにも作れはしない」のである。作家とは、礼儀、慎み深さ、いささかなりともモデルとした人々に手心（てごころ）を加えるといったことと、小説とはまさしくかくあらねばならぬという美的な要求とのあいだで、揺れ動く存在なのだ。

自分や他人の私生活から材料をとる権利が与えられていなければ、大部分の文学は存在しないであろう。ルソーも、スタンダールも、フロベールも、ドストエフスキー、プルースト、フォークナー、カフカも例外ではない。

困るのは、モデルたちがいかなる反応を示すのか読めないことだ。おまけに、ほとんどの場合、悪い反応が返ってくる。

バルザックがこう書いている。「わたしが彼らの私生活を暴露したといって、周囲の五人の人間から、断固たる訴えが出されています。このことに関しては、奇妙というしかない手紙が何通も来ています。どうやら、クロッシュグールド村*の天使たちと同じ数のモルソフ氏が存在するらしいのです。天使たちが、わたしのところに次々と降りてきますが、白い服ではないのですよね。」〔ハンスカ夫人宛

書簡、一八三六年一〇月一日〕

また、悪い結果を予期していても、モデルが喜んでいることもあるし、モデルが自分だとわからず、だれか別人を風刺していると信じたりすることもある。あるいはまた、作者が心配していた個所で気分を悪くすることはなくて、ほんの細部で文句をつけられたりする場合もある。作品を読んで、深刻な事態を招くことも、ときになくはない。シャルリュスのうちに自分の姿を認めたときの、ロベール・ド・モンテスキウ〔一八五五―一九二一〕の苦しみがそうしたものだ。モンテスキウは、その容貌だけをとっても、プルースト描くところのシャルリュス男爵とは異なっている。しかしながら彼は真っ先に、プルーストが自分の正体を明るみに出したことに気づいたのである。モンテスキウは醜聞や零落をつねに免れてきたものの、プルーストが作中でシャルリュスに、おぞましさ、没落、痴呆のどん底まで堕ちることを余儀なくさせることで、事実よりももっと本当の真実をはっきりさせたことを悟ったのである。モンテスキウは、それ以後の自分が永遠にシャルリュスとなるであろうことがわかったし、このことが理由で死んだともいえよう。友だちの一人に、「ぼくをめちゃくちゃにした三巻本の出版によって、ぼくは病気になり、寝ついてしまった」と心中を語っている。

人々が『失われた時を求めて』を話題にすればするほど、モンテスキウは苦しめられる。「わたしは自分のことをモンテスプルーストと呼ばなくてはいけなくなるのでしょうか?」と、彼はクレルモン゠トネール夫人に聞いている。

ゲレの町は、シャミナドゥールという町が自分たちの町だとして、作者のマルセル・ジュアンドーに対して町全体が怒りをぶつけた。*

ところでプルーストは、ガストン・ガリマールにこう書いている。「三〇年前にわたしが愛した女性が、怒り狂って手紙を寄こして、オデットは自分のことだ、あなたは鬼のような人だというんです。この手の手紙(それに返信も!)がいくつもあって、仕事になりません。楽しみの話はしません。ずっと前から、そんなものあきらめてしまったのですから。」

予想がつくと思うけれど、こうした騒ぎのほとんどが女性によって引き起こされている。まあ、激情やら失恋といったものによってデフォルメされた自分の姿が、小説という鏡に映っているのを見て、そのモデルとなった本人がうれしいはずもなかろうが。

モデル探しという、この少々はしたないスポーツは、多くの誤解を引き起こさずにはおかない。小説が人生を模倣するのではなくて、逆に、人生が小説を模倣することも生じる。もちろん、こんなことはだれも信じはしないし、模倣や剽窃で責められるのは、人生ではなくて、小説家のほうに決まっている。ここでは、わたし自身の例を二つ挙げることを許してほしい。

最初の小説『怪物たち』(一九五三年)において、わたしは、猫たちの自殺が伝染病のようにはやり、その調査のために派遣された記者が、結局は、一匹の猫を窓から放り投げる羽目になる話を創作した。すると小説の発売後に、グラビア週刊誌のカメラマンたちがその真似をした。

別の小説『冬の宮殿』(一九六五年)のヒロインはリディアという名前で、ポーの町で菓子店を経営している。ところで、戦時中、ポーのロワイヤル広場に「リディア」という名前のケーキ屋だかティールームだかが実在した。リディアさんが店を始めた頃には、わたしはポーに住んでいなかったし、その店の存在も知らなかったにもかかわらず、だれもが、わたしの小説のモデルはこの店だと思いこんだ。本当のモデルが存在して、それはロワイヤル広場の「リディア」とは全然ちがうと、いくらわたしがいってもむだなのだった。これがいわゆる「偽の鍵〔偽のモデル〕」と呼ばれるものだ。付け加えておくならば、まもなくモデルとなった女性が自分のことだと気がついて、本当のところ、彼女はすごくお怒りだった。

モデルにされたと気づいて、立腹する人々がいるし、稀には喜ぶ人々もいる。だれでも、自分たちの人生や人となりは小説のヒントになる価値があると考えてもよさそうなのだが、だれもそんなことは思いもしない。

読む

読むこととは、書くこと以上にとはいわないまでも、少なくとも同じくらい、私生活としてのふるまいである。ある本と、いわば二人だけになれる。そして別のだれかによって書かれたページのうちに、自分の姿を見出したりする。われわれ自身の人生は、無秩序さゆえに、自分ではよくわかっていないものだけれど、突然、それが理解できたような気になれる。ひとつのフィクションが、われわれ自身について、現実よりもたくさんのことを教えてくれるのである。

われわれは、自分が好きな過去の作家たちと、完全に個人的な関係を作り上げる。彼らと会うことは絶対にないものの、われわれは、何年もの歳月によって、いや何世紀もの時によって隔てられてはいても、彼らを深く愛するのだ。家族よりも、あるいは好きだと思っている人々よりも、われわれにとっては彼らのほうが近い存在となる。ときには、彼らがわれわれにとっての唯一の慰めとなることもある。エリオ・ヴィットリーニ*が、こう述べている。「文学の偉大な瞬間には、つねに、チェーホフのような存在があった。長篇小説や、その時代を象徴し、(はっきりと)解釈・演奏する形式を捨て去って、時代の激動や波乱によって孤立させられ、敗者となった人々の孤独な心の奥底に迫ろうとする存在のことだ。」〔『公開日記』一九五七年〕

本当の私生活

私生活について秘密を打ち明ける作家もいるが、彼らは自分が書くことについては絶対に話さない——書くことは、私生活よりもさらに私的なものだといわんばかりに。原稿用紙の上で、自分についてけりをつける内容とは、この上なく個人的なものなのだ。本当の私生活とは、書くこと(エクリチュール)にほかならない。

ヴァージニア・ウルフは有名な本のなかで、作家になりたいと思っている女性たちのために、「自分だけの部屋*」を要求している。このことは男性についてもいえる。ものを書く人間には自分の部屋が、すなわち、自分の書くこと(エクリチュール)と一対一で向き合える場所が必要である。私生活では、そこがもっともプライベートな場所となるはずだ。

自分が執筆中のものを他人に見せたがる作家もいれば、逆に、頑として応じることなく手元に秘めておく作家もいて、わたしもこうした反応の現場にしばしば居合わせてきた。* 一人の作家の私生活において、もっともプライベートなのは、書く(エクリチュール)こととの関係なのだということの、もうひとつの証拠であろう。たとえその作家が、「コミュニケーション」するために書く作家に属するとしても、そのことを、近親者や友人と、ましてや読者たちと完全に分かち合うことは絶対にありそうもない。

【訳注】

75頁 **ミシェル・コンタ**　スイス生まれの批評家・映画作家(一九三八―)。サルトルの協力者として知られ(『サルトル 自身を語る』)、プレイヤード叢書「サルトル」の編集も手がけている。

76頁 **ジュール・ジャナン**　批評家・小説家(一八〇四―一八七四)。

77頁 **プルーストは~こう述べる**　「サント=ブーヴの方法」、『サント=ブーヴに反論する』所収。以下につづく二つの引用も同じ。

78頁 **バルザックを賞賛している**　「サント=ブーヴとバルザック」、『サント=ブーヴに反論する』所収。

79頁 **ガエタン・ピコン**　批評家(一九一五―一九七六)。邦訳に、『作家とその影』『美しき時の震え』など。

79頁 **リュシアン・ドーデ**　アルフォンス・ドーデの息子、作家(一八七八―一九四六)。

79頁 **エルネスト・フェドー**　考古学者・小説家(一八二一―一八七三)。

81頁 **J=B・ポンタリス**　哲学者・精神分析学者(一九二四―二〇一三)。ジャン・ラプランシュとの共著『精神分析用語辞典』(邦訳は、村上仁監訳、みすず書房、一九七七年)など。

81頁 **プルーストの倒錯した性癖**　プルーストの倒錯趣味のひとつとしてよく引き合いに出される「暗

黒伝説」といえよう。cf.「……そのほかに肉屋とネズミの伝説も知られている。アルベールが話したようだが、連れられて肉屋にゆくと、プルーストは肉屋の若い男に「子牛をどうして殺すのか見せてほしい」と頼んだとか、生きたネズミをもって来させ、目の前で帽子の留め針を突き刺させたとかいう話である。」(ジャン＝イヴ・タディエ『評伝プルースト(下)』吉川一義訳、筑摩書房、二〇〇一年、三〇三頁)

83頁　**マルト・ロベール**　文学の精神分析的読解で知られる女性批評家(一九一四―一九九六)。この個所で深く関連するのは『起源の小説と小説の起源』(一九七二年)。邦訳は、岩崎力・西永良成訳、河出書房新社、一九七五年。

84頁　**「オランダのストーブで暖まった部屋」**　グルニエの勘違いで、ドイツでのこと。cf.「その頃わたしはドイツにいた。……皇帝の戴冠式から軍隊にもどろうとしたとき、冬が始まって、ある冬営地に足留めされた。そこでは気を散らす付き合いもなく、またさいわい、心を乱す心配事や情念もなかったので、わたしは終日ひとり炉部屋に閉じこもり、心ゆくまで思索にふけっていた。」(デカルト『方法序説』第二部、谷川多佳子訳、岩波文庫、一九九七年、二〇頁)

84頁　**「芸術家ならば、スマートに身を引くであろう自画像」**　「局面の終わり」、『ずれた時間』(一九八二年)所収。コルタサルは『石蹴り遊び』などで知られる、アルゼンチンの作家(一九一四―一九八四)。

85頁　**「U・S・A」三部作**　『北緯四二度線』(一九三〇年)、『一九一九年』(一九三二年)、『ビッグ・マネー』(一九三六年)。

85頁　**ポール＝ジャン・トゥーレ**　詩人(一八六七―一九二〇)。

86頁　**奇妙な死をとげた**　ニコラ・ジルベール(一七五〇―一七八〇)は、落馬して頭部を損傷、パリ市立病院で死んだ。『不幸な詩人』は一七七三年の作。

87頁　**ミスター・ミコーバー**　『デイヴィッド・コパフィールド』に登場する貧乏人で、デイヴィッドはこの家に下宿する。

87頁　**ディケンズが一二歳の頃の〜描かれている**　ディケンズは一二歳で学校をやめさせられて、工場に働きに行かされる。小説では、主人公は一〇歳の時にマードストン＝グリンピー商会の丁稚小僧となっている。

89頁　**セルジュ・ドゥブロフスキー**　作家・批評家（一九二八―二〇一七）。自作の『息子』を「自伝的虚構」と命名した。

89頁　**流行したジャンルの作家たち**　グルニエがいかなる作家たちを念頭に置いているのかは知るべくもないが、ソフィ・カル、アニー・エルノー、フィリップ・フォレスト、エルヴェ・ギベールといった、邦訳のある作家も「自伝的虚構」の書き手に含まれたりする。

90頁　**ヴィタ・サックヴィル＝ウェスト**　女性詩人・作家（一八九二―一九六二）。

90頁　**ジョン・クーパー・ポーイス**　作家（一八七二―一九六三）。『グラストンベリー・ロマンス』（一九三二年）など。

90頁　**バンジャマン・クレミュー**　批評家（一八八八―一九四四）。

91頁　**「芸術家はだれもが～供給してくれるのだ」**　カミュは『裏と表』の再刊を拒み続けた。そして一九五八年、ようやく『裏と表』を再刊、「序文」を添えた。これは、その「序文」にある文章。

94頁　**このマルセルという名前が～三回にすぎない**　グルニエの勘違い。正確には、『囚われの女』のなかで二回、はじめに二か所、次に三か所「マルセル」と書かれている。『失われた時を求めて10』「囚われの女I」吉川一義訳、岩波文庫、二〇一六年、一六二、三四九―三五〇頁。

95頁　**「スノープス三部作」**　本書四〇―四一頁の記述に付した訳注（四六頁）でもふれたもので、『村』『町』『館』の三作品。

97頁　**現実の人物と～偶然にすぎません**　日本語の「本作品はフィクションであり、実際のできごととは関係ありません」に相当する表現。

97頁　**この作品の登場人物は～土地です**　エミール・ケルトー宛書簡、一八五七年六月四日。エミール・ケルトーは、マルヌ県在住の公証人で、『ボヴァリー夫人』を賞賛するとともに、モデルが存在するのではという内容の書簡を、作者に送っている。それに対する返信の一部である。

98頁　**モデル問題にこだわることは～無視することに**

なる　グルニエの次の短篇を参照。「ノルマンディー」、『フラゴナールの婚約者』山田稔訳、みすず書房、一九九七年、所収。

100頁　**フロイトが述べたごとく**　オスカル・プフィスター宛書簡、一九一〇年六月五日。

100頁　**クロッシュグールド村**　『谷間の百合』（一八三六年）の舞台。モルソフ伯爵の館があり、「クロッシュグールド村の天使」とはモルソフ伯爵夫人のこと。

102頁　**町全体が怒りをぶつけた**　ゲレ（Guéret）は中部フランスのクルーズ県の県庁所在地。ジュアンドー（一八八八―一九七九）の小説『シャミナドゥール』全三巻（一九三四―四一年）は、作家の故郷ゲレをモデルとして、田舎の偽善的な生きざまを活写、スキャンダルとなった。

104頁　**エリオ・ヴィットリーニ**　イタリアの作家（一九〇八―一九六六）。『シチリアでの会話』（一九四一年）など。

104頁　**「自分だけの部屋」**　「有名な本」とは、*A Room of One's Own*（1929）という、同名の評論集のこと。

105頁　**こうした反応の現場にしばしば居合わせてきた**　グルニエはガリマール社の編集顧問で、多くの文学作品の誕生にかかわっている。

またしても、愛を書く

私生活というテーマについて、愛にかかわる大きなパラドックスを付け加えておく必要がある。愛することは内心に属することだが、それでもやはり、いつの時代も文学的インスピレーションの源となってきたのだ。

ピエール・ラザレフ(一九〇七―一九七二)は新聞社などのオーナーとして著名な人物で、わたしもかつていっしょに働いたことがあるのだが、彼は「読者にとっては、動物と、むしろ、かなわぬ恋という、二つしか興味がないんだ」と語っていた。彼のいうとおりだと思う。恋愛は西洋のトルバドゥール(中世南仏の吟遊詩人)の発明だとするドニ・ド・ルージュモンの説(『愛について――エロスとアガペ』)に同意できないとしても、恋愛は依然として文学の素材となっている。恋愛がなければ、われわれの文学作品はとっくに貧血症となっていたはずだ。ホメロス以来、トロイア戦争の原因となったヘレネ以来、祖国で妻のペネロペイアが、その帰りを待ちわびるなか、カリュプソからナウシカアまでのオデュッセウスの長旅以来、そうではないか。

チェーホフは『曠野』を書くときに、不安を覚えている。「女性たちが登場しない中篇というのは、蒸気機関のないエンジンみたいなものだ。正直なところ、ぼくには女性はたくさんいる。でもそれは既婚女性でもなければ、恋する女性でもない。そしてぼくは、女性がいなければ……」〔イワン・レオンチェフ宛書簡〕

アレクサンドル・デュマと執筆協力者のオーギュスト・マケは、『二〇年後』〔『三銃士』の続篇〕が第四章まで来たところで、恋愛をからませることを考えていなかったことに気づいて、ぞっとした。というのも、『三銃士』は、バッキンガム公爵とアンヌ・ドートリッシュのラブ・ストーリーのおかげで売れた面がかなりあったからだ。

現代小説で、女性不在のものといえば、一つぐらいしか思い浮かばない。カミュの『ペスト』がそれだ。でもそれは、『ペスト』という小説が、なんといっても別れの物語だからで、カミュは、別離なるものを主題にしようと思っていたのだ。カミュには、別れが、寓意的な意味合いで、自分が描いている戦争の一つの特徴だと思えたのである。『手帖』で、彼は、一九四〇年代の文学では、エウリュディケ*の神話がやたらと使われていると記している。カミュはこのことの説明を見出して、「要するに、これほど多くの恋人たちが別離を余儀なくされたことはなかったからだ」と述べる。

この小説では、妻が町の外で死んでしまう、医師のリウー、遠いパリにいる愛する妻と会えず、町の中に留め置かれる新聞記者のランベール、そしてずっと昔に妻に捨てられた不幸な男のグランといった男たちは、いずれも孤独で、遠ざけられた愛への幻想を抱いている。とはいえ、別れについて語ることは、とりもなおさず愛を語ることなのだ。

　したがって、いくつかの例外を除けば、小説にとっての重大事とは恋愛なのである。メロヴィング朝の時代のフォルトゥナトゥス*の作品に早くもそのきざしが見出せるという中世の宮廷風恋愛にまでさかのぼることはせず、ここでは一挙に一七世紀にまで飛ぶことにしよう。この時代には、恋愛が文学のなかにしっかり根づいている。そこで碩学ピエール＝ダニエル・ユエ〔一六三〇―一七二一〕は、小説を次のように定義することになる。「小説(ロマン)と呼ばれるところのものは、読者の喜びと楽しみのために、散文で書かれた、恋愛沙汰をよそおった物語である。」〔『小説の起源について』一六七〇年〕

　だが、この定義は、スタンダールにも、フロベールにも、ドストエフスキー、プルースト、ジョイス、カフカ、フォークナーにもあてはまりそうにない。そもそも、ラファイエット夫人にさえあてはまらない。

　ラファイエット夫人は、恋愛を信用してなどいない。『クレーヴの奥方』〔一六七八年〕の作者にとって、恋愛とは危険なもの、人を危地におとしいれるもので、警戒すべきものなのだった。それでも彼女は、もっぱら恋愛のことを描いている。

　そして一八世紀が訪れる。すると作家たちは、急に恋愛を見下すようになる。彼らがペンで書きつけるのは、「快楽(プレジール)」というひとことである。こうして小説が、その時代の哲学と軌を一にすることになる。ロックの経験論を換骨奪胎した、フランス唯物論哲学の考え方である。たとえばコンディヤックは、人間の生命の目的として、「不快さを避けて、快楽を求めること」しか措定していない。快楽とは、『大百科事典』〔全三一巻、一八八六―一九〇二年〕によれば、「少なくとも、それを味わっている間は、ずっとわれわれを幸せにしてくれる」という。こうした小説は、一般的には鮮烈にして簡潔なものなのだが、その原型とでも呼べるのがアベ・プレヴォーの『マノン・レスコー』〔一七三一年〕だ。どんな機会にもマノンは、快楽の瞬間のためには、愛や安全を犠牲にする。快楽、それは彼女が登場するたびに思い起こされることばである。愛と美徳をめぐる議論において、デ・グリューはこう結論する。「われわれが作られている仕方からして、われわれの幸福が快楽のうちにあるのは確かなのです。別の考え方を抱くなど、わたしにはとてもできません。*」

騎士デ・グリューは、もっとも甘美な快楽が愛の快楽にほかならないことを、はっきりと述べている。

とはいえ、重要な例外が存在することに注意しないといけない。なぜならこの例外は、一九世紀の小説がいかなるものとなるかを先取りしているのだから。それは『新エロイーズ』〔一七六一年〕のことだ。ここではラブ・ストーリーが突然にして、欠如と苦悩の星の下に置かれる。自分自身が生きることに大変苦しんだジャン＝ジャック・ルソーは、罪深い愛を昇華させているのであって、この小説の別の顔であるところの、教育的、道徳的な側面と両立させることを、苦労しながら試みている。

快楽に捧げられた一八世紀という幕間のあとを受けて、恋愛は大挙して文学に戻ってくると、小説の進化と変身に同伴する。バルザックからフロベールへ、自然主義者たちからプルーストへと移る時のように、小説がその定義や目標を変更する際にも、そうなのである。そしてまた、小説がその単純素朴さを失って、おのれの性質やテクニックに対する省察の念を深め、新たなゲームの規則を採用する時にも、そうなのである。こうして変貌をとげても、小説の根本的な逆説は残り続ける。われわれが人間や社会の真実を探し求め、発見することを可能にしてくれる虚構が、作り話が、存在するということだ。そして愛は、この真実に不可欠な一部分なのである。

もちろん、恋愛が端役的な存在になる場合もある。アンドレ・マルローは、『カラマーゾフの兄弟』について、たしかに殺人と恋愛が小説の中心になってはいるものの、この作品は推理小説でもないし、恋愛小説でもないことに注意を喚起している。ドストエフスキーの関心事、彼にとっての真の主題とは「悪」なのだ。同じようにして、われわれはスワンのオデットへの愛や、マルセルのアルベルチーヌへの愛について話題にするけれども、『失われた時を求めて』の本当の主題とは、世界に対するひとつの哲学的なヴィジョンを、さらには作家としての使命を探し求める一人の男の、時間に関する情動的な経験と冒険とを表現することなのだといえよう。

愛の絶対的な至高性が高々と宣言されるのを聞くには、シュールレアリストたちの出現を待たなくてはいけない。アンドレ・ブルトンは例によって有無をいわさぬ口調で、「愛はこの先も存在する。われわれは芸術を、愛というそのもっとも単純な表現に還元するであろう」(『溶ける魚』一九二四年)と告げる。

わたしは、小説の発展にもかかわらず、ピエール・ラザレフの「むしろ、かなわぬ恋のほうが」という皮肉っぽい言い方には、永遠性とまではいわなくても、相変わらずアクチュアリティがあるのではないかと思う。邪魔されなかったら、愛について語るべきことなどあるだろうか?

とはいっても、愛が邪魔されようと、はたまた成就されようと、作家の書き方次第で、新たな愛の形が出現するのである。

これまたアンドレ・マルローのことばだが、彼によれば、スタンダールは、ジュリアン・ソレルとレナール夫人がどのように愛し合ったのかを見せないというごまかしを行っているのだという。書簡集や『日記』では、そうした状況を大胆に書き残したスタンダールも、司法の厳しさはむろんのこと、当時の習慣にも縛られて、ジュリアン・ソレルがいかにふるまい、セックスによってレナール夫人の肉体がどのような反応を示したのかについては、もっぱら読者の想像力に委ねることを選んだのであろう。同じく『ボヴァリー夫人』のフロベールも、本人が「シナリオ」と呼んだりしている草稿類においては、「性生活」とあっさり名づけたところのものを遠慮なしに描いている。小説では、それらが消されているにもかかわらず、裁判沙汰になったのは*、ご承知のとおりである。

今日では、多くの小説では愛が描かれることはない。むしろ、どのような愛の営みがおこなわれるのかが描かれる。この種の描写においては、どうやら、男性作家よりも女性作家のほうが先を行っている感がある。アニー・エルノーの『単純な情熱』〔一九九一年〕、アリーナ・レイエの『肉屋』〔一九八八年〕、カトリーヌ・キュセの『あなたに』〔一九九六年〕、ギスレーヌ・デュナンの『破廉恥さ』〔一九八九年〕などを読むがいい。でも、話題を変えるとしよう。

愛のエクリチュールについて検討するのには、別の方法がある。

多かれ少なかれ、書くこととは誘惑の試みである。もちろん、読者を誘惑するということだ。しかしそれは同時に、その人となら、すべてを始められるという相手を、あるいはまた、他の方法がうまくいかなかった相手、さらには、完全に終わってしまった相手を、要するに、恋愛に決着をつけるべき相手を、ひそかに誘惑することでもある。

近くからにせよ、遠くからにせよ、ある人物に着想を得て愛を描くという特別なケースでは、厄介なことがある。つまり、本人がどのような反応を示すのか見当がつかないのだ。こうした場合、深刻な事態になる場合もあることについては、前の章ですでに述べておいた。小説で、激情や悲恋によってデフォルメされた姿を見て、その登場人物のヒントとなった女性本人が、はたして満足できるものだろうか？　おそらく彼女たちにも、少なくとも一時期、その作家の人生を支配した愛について、作家が書いている時には、本当の恋人はもはや話題となっている人物ではなく、文学的な造型なのだと察しがつくはずだ。

カフカには、愛のメッセージを、あるいは非愛のメッセージを発信する彼なりの流儀があった。たとえば、「ブルームフェルト、ある中年の独身者」と題した未完の物語がある。この独身者は犬を飼うことを夢見ている。けれども、そう思っていても、これに対する異議がたくさん浮かんでくる。犬は部屋を汚すだろうが、この独身者は異常なほどきれい好きなのである。それに犬にはノミもわく。病気になったりしても、それが伝染性のものかどうかもわからない。いずれにせよ、病気などとんでもない話だ。それに、やがては老いてくる。でも、なかなかしかるべき時に、犬を手放す決心などつかないものだ。「涙にぬれた犬の瞳の内に、自分の老いの姿を見る時期が訪れる。そして目もよく見えず、肺を病んで、でっぷりと太って身体も不自由となった愛犬に手を焼くことになって、かつては自分に与えてくれた喜びの代償が高くつくことになりかねない」といった次第で、犬を飼う話は消える。ところが、エゴイストの独身者はこれを後悔する。理想的なのは、あまり世話がかからずに、時によっては足蹴りを食らわせても平気で、表で眠れと追い出すこともできるけれど、こちらが必要な時にはちゃんと戻ってきて、手をなめたり、ワンワンと吠えてくれる動物なのだというのである。

このこわい話は、まずまちがいなく、フェリーツェ・バウアー*に対して、自分が結婚には不向きな人間であることを示すべく書かれたにちがいない。

創意工夫に富むオーディベルティ(一八九九―一九六五)は、作者のひそかな意向を乗せて、一冊の書物が愛の密使へと変身しうる手法において、この上なく巧妙な実例――ゆがんだ実例といってしかるべきところか――を示してくれた。それは彼の小説『ミラノの主人』(一九五〇年)のことだ。ある男が、少し前まで若い女性と暮らしていたのだけれど、この話を、その女性の叔母に読ませて、彼女のことだとわかってもらおうとして、物語を書くという小説。だが、それだけではない。オーディベルティ自身も、ある女性に読んでもらうべきメッセージとして、この小説を書いたことをほのめかしている。「したがって、裏の意味としては、ミラノの主人のように、わたしはこの小説を、かなり迂遠な方法で、一冊の書物を利用することによって、相手に単刀直入に生の声で語るのが辛い話を物語ろうとしたのだといえるかもしれない。」

というか、もっとはっきりいえば、相手の女性は、この小説がメッセージだとわかっているから、読みはしないだろうと、オーディベルティは考えているのだ。「メッセージの内容は、メッセージが実在するということのうちにすっかり含まれているから」(『ジョルジュ・シャルボニエとの対話』一九六五年)、彼女はメッセージを読む必要もなかろうということだ。

もっとも、これはあまりにできすぎた話というしかない。オーディベルティの想像力がいかに豊かなものか、われわれはよく知っている。

このことは、古くから存在していて、いまなお有効な恋愛小説のひとつの機能について考えさせてくれる。これをわたしは、合言葉の小説と呼んでみたい。二人の恋の感情を象徴する小説であって、このフェティッシュなものが、二人の感情の、物的証拠のごときものになるのである。一九〇〇年代には、男が、あるレディに自分の気持ちを伝えたいと思った場合、『愛の友情』(一八九六年)といった罪のないタイトルの小説を贈ったりしていた。奇妙なことなのだが、表紙には作者の名前ではなく、三つ星が記されている(なお、この小説の匿名の作者は、モーパッサンとはガールフレンド以上の関係にあったエルミーヌ・ルコント・デュ・ヌイ(一八五四―一九一五)という女性作家である)。もしもそのレディが、この『愛の友情』という餌にひっかかったなら、この小説は、二人にとってはいつまでも、その愛のあかしに、秘密のお守りになることであろう。アラン＝フルニエの『グラン・モーヌ(モーヌの大将)』も、似たような役割をはたした。フランソワ・ミッテラン大統領は、あるレディに好意をいだいて、まずはアルベール・コーエンの『主の伴侶』(一九六八年)をプレゼントしたという。

わたしがどうしてこんなことを知っているかというと、ミッテランがよく本を買いにいった書店の女性から聞いたのだ。

われわれが書く本は、不朽の名作であることなど約束されていないとしても、このようにして合言葉となり、その後、恋人たちの思い出のなかで大切な形見のようなものとして残り続ける。恋人たちには最高のものだと願ってもいいわけである。

【訳注】

110頁 **エウリュディケ**　オルペウスの妻。毒蛇に咬まれて死んだ妻を求めて、オルペウスは冥界に下り、妻を連れ帰ろうとするが、最後の最後で、うしろをふり返らないという約束に背いてしまい、エウリュディケは冥界に戻されてしまう。

111頁 **フォルトゥナトゥス**　イタリアに生まれ、ポワチエで死んだ詩人。『聖マルティヌス伝』、祝婚歌の他に、『王の旗印は進み来たる』など二つの賛歌により、最初の中世詩人と呼ばれている。

112頁 **デ・グリューは～とてもできません**　『マノン・レスコー』の原題はもう少し長く、『騎士デ・グリューとマノン・レスコーの物語』で、『ある貴族の回想と冒険』全七巻（一七二八―三一年）の最終巻に当たる。

114頁 **裁判沙汰になった**　単行本化に先立つ雑誌掲載時に風俗壊乱で訴えられたが、結局無罪となった。おかげで『ボヴァリー夫人』は大いに売れた。

116頁 **フェリーツェ・バウアー**　一八八七―一九六〇。カフカより五歳若く、レコード会社に勤めていた。一九一二年、マックス・ブロートの家でフェリーツェと出会ったカフカは、五年間交際し、二度の婚約と、二度の婚約破棄を繰り返すことになる。五〇〇通あまりの『フェリーツェへの手紙』で名高い。

歯医者での三〇分

高名な社会学者であるジョルジュ・フリードマン〔一九〇二—一九七七〕に対して、わたしは多大な敬意と友情とを抱いてきた。けれども、街や、バスの中や、レストランでいっしょの時、なにかちょっとしたできごとが起こったり、突飛な人物が現れたりすると、彼はすぐに、「きみの短篇にぴったりですよね！」と口にせざるをえないのだ。「短篇作家」というレッテルを貼られている人間は、こういう不幸につきまとわれている。「彼にもう一度こういわれたら、短篇など二度と書かないからな」と、わたしは心の中で誓う。しかしながら、それがどうなるのかといえば、結局のところ、わたしはジョルジュ・フリードマンの罪のない口癖をネタにして短篇を書いたりするのである。

わたしは若い頃、ヘミングウェイの『初期の四九の短篇』〔一九三八年〕という本に圧倒された。この男は、なんと四九もの短篇を書き上げたのだ！　自分にはとてもそこまでは無理だと思った。ところが、いまやわたしは一〇〇篇以上の短篇を書いている。もっとも、チェーホフの六四九篇はいうに及ばず、ピランデッロの二三七篇と比べても、全然足元にも及ばない。けれども、事実としては、この二人は短篇より、むしろ芝居のおかげでよく知られている。短篇に対する不当な評価については、しっかり分析してみる必要がありそうだ。

スタンダールは、「一ダースばかり書いてしまうと、タンクはからっぽになり、もはや続けようがない」と書いているが、*その真意はどこにあるのだろう?

フラナリー・オコナーは、ミシガン州ランシングでの芸術家たちの集まりで、短篇の意味について講演してくれないかと依頼されて、こう述べている。「このことについて、わたしは別になにも考えていません。ただ、飛行機に乗るのが好きなので、この申し出に飛びつきました。そして、この意味を見つけるには一〇か月はかかると思いました。もちろん、たとえば、短篇は瞑想的な精神を取りもどさせてくれるとか、なにかしらもったいぶったことを話すつもりはあるのですが、どうやって切り抜ければいいものやら迷っています。」(ロビー・マコーレー宛書簡、一九五五年九月一一日〔『存在することの習慣』一九七九年〕)

オコナーはまた、これはたぶん、架空の友人のことばということにしてだろうが、その経験をこう語っている。「わたしの女友だちには長篇と短篇という二つのジャンルを書き分けている人がいるのですが、長篇小説を中断して短篇を書こうとすると、いつも、暗い森から出て、オオカミに襲われるような気分になると話しています。」(『秘儀と習俗』一九六九年)

厳格なカトリック教徒である彼女は、「恩寵 grâce とか悪魔などどうでもいい人々がわたしの作品を読んでいることを知って」、驚いている。

わたしだったら、このgrâceということばを、[*]すぐに別の意味合いで使ってしまうだろう。だがオコナーの場合は、このおかげで、いとも簡単に失敗しかねないのに、すべての短篇が成功している。オコナーの短篇は、短篇を書く技術を理解したい人間にとっては、願ってもないモデルだといえる。注目すべきは、それぞれの思考や観念に近づいていく際の、驚きとか、ユニークな角度といったものだ。それに独特のユーモアがあり、彼女はこれを「グロテスク」と呼んでいるわけだが、人生に対する逆説的なというか、奇抜な見方から、そうしたユーモアが生じてきて、それが最終的には否定しがたい真実となる。

オコナーにとって、短篇小説とは、感覚を通じて読者に語りかけるものであり、抽象的な観念に陥らぬよう気をつける必要がある。彼女は、「すべてが、頭ではなく、血を通らなければいけない」と述べている。また、「フィクションの作者にとって、つねに眼の内に、もっとも努力が求められる点がある」ともいう。そして、こうも語る、「フィクションの書き手は、哀れみによって哀れみを創造したり、感激によって感激を、あるいは思想によって思想を創造したりすることはできないのだと、しっかり理解すべきなのだ。それらのものすべてに、きちんと肉体を備えてやることが必要なのだ」と。

マルセル・アルラン(一八九九―一九八六)もフラナリー・オコナーと同じく、短篇小説には理論は不要だと考えていた。「短篇作家に求められるのは、愛なのであり、それは短篇の性質に合致した内的なリズムなのである。」

「短篇(ヌーヴェル) nouvelle」という単語が現在のような意味を獲得するには、何世紀もの時間を要した。一八世紀には、散文でも韻文でも、物語類は「短篇(ヌーヴェル)」と呼ばれていた。実際は「長篇小説(ロマン) roman」であることがしばしばで、五〇〇ページを超える作品もあった。古典主義時代の「短篇(ヌーヴェル) nouvelle」の場合は、物語と同じようなもので、バロック期の長大な小説に挟みこまれた脱線部分と似ている。「コント conte」ということばが用いられることもあった。ヴォルテールの『哲学的なロマンとコント』などといったりする。「コント」「ファーブル fable」「ロマン」をはっきり分けることはできないのだ。また、「道徳的短篇」「歴史的短篇」「スペインの短篇」と、形容詞を付け加えて区別することもある。「短篇(ヌーヴェル)」が「ロマン」と分離したのは一九世紀になってからだが、「短篇(ヌーヴェル)」と「コント」との差異は依然として曖昧であった。

　近代的な意味での「短篇」の運命は、経済的な条件と結びついているように思われる。わたしの見るところ、短篇というジャンルは、作家が食べていけるような新聞・雑誌が存在して、初めてその国で飛躍的な発展をとげるのだ。モーパッサンの時代のフランス、チェーホフの時代のロシア、フォークナー、ヘミングウェイ、スコット・フィッツジェラルドの時代のアメリカ合衆国がそれに相当する。今日、フランスで短篇を書いても、どうすればいいのか途方に暮れるだろう。もしもあなたが駆け出しの作家であって、短篇を集めたものを出版社に持ちこんだとしても、まずたいていは、「才能がおありですね。でも、とりあえず、長篇小説を見せてくれませんか」といわれるのが落ちなのである。

　スコット・フィッツジェラルドの話に戻れば、彼は短篇の数々を金のために書いたにすぎず、しんどい仕事だから、本当は長篇小説に打ちこみたいと述べていた。彼は三日で短篇をいくつも書いて、一日か一日半かけて原稿を見直すと、すぐに送ったという。ところが厄介だったのは、「スリックスslicks」*と呼ばれる大衆向けの雑誌のなかでもっとも売れていて、原稿料も一番高かった《サタデー・イヴニング・ポスト》が、保守的な読者層に気配りをしていたことだ。たとえば、自殺の話などはタブーであった。この雑誌は、フィッツジェラルドのトレードマークの「不幸なタッチ」は不要だとして、もっぱら彼の甘美な魅力を求めていたのだ。事実、フィッツジェラルドの最良の短篇いくつかがボツになっている。たとえば「狂った日曜日」がそうで、ハリウッドが舞台だし、ノーマ・シアラー〔女優〕、アーヴィング・サルバーグ〔その夫でプロデューサー〕、ジョン・ギルバート〔男優〕、マリオン・デーヴィス〔女優〕たちが、自分がモデルだと気づくおそれがあった。新聞王のハースト*も目を光らせていた。部分的に削除がおこなわれることもあった。そこでフィッツジェラルドは、削除された個所を、「B」(Bright Clippings、「輝かしい切り抜き」)と名づけて『ノートブック』に収めたりしている。ほかにも、「反古(ほご)にされて、ばらばらになった短篇」用のファイルもあった。わたしは本当かどうか怪しいと感じているのだが、フィッツジェラルド本人は、全力をつくして短篇を書き上げてから、それをわざと壊して、雑誌の読者が読みやすいようにしていると述べている。自分の短篇は、歯医者で三〇分ばかりを過ごすのに十分なものなのだというのだ。こうした意味で、彼は、金を愛することと、自分の技術をしっかり自覚することは両立できると確信するヘンリー・ジェイムズとは食い違うことになる。

落ち目になると、フィッツジェラルドは《サタデー・イヴニング・ポスト》から《エスクワイヤー》に発表の場を移し、原稿料も段々と安くなった。妻のゼルダは、夫の書くものの文学的な価値などはどうでもいいと思っていたし（彼と競う必要を感じて、自分もなにか書き始めるときだけはちがったのだが）、とにかく《サタデー・イヴニング・ポスト》に文章を載せるのがすごいことだと思っていた。フィッツジェラルドの晩年にも、ゼルダは《サタデー・イヴニング・ポスト》のために働くことを再開すべきだと提案している。これに対してフィッツジェラルドは、《サタデー・イヴニング・ポスト》の今度の編集長ウェズレー・W・スタウトは野心満々の若造で、文体なんかくそ食らえと思っていて、釣りと、アメリカン・フットボールと、極東の話しか掲載しないんだといいながら、こう付け加えたという。「ハッピーエンドではないストーリーを売り込むチャンスなど、もはやないんだよ（覚えているかもしれないけど、昔は、ぼくの短篇のほとんどはアンハッピーな終わり方をしていたよね）[*]。」

では、短篇（ヌーヴェル）と小説（ロマン）には、いかなる相違があるのか？　わたしが思うに、主たるちがいは作者の感じ方にある。短篇とは、現実の断片、それもくっきりと切り取られた断片であって、人生から引き出されたかに思われる、始まりと終わりを有するストーリーになっている（これに対して、実人生においては、たいていの場合、ひとつのストーリーが正確にいつ始まり、いつ終わったのかは全然わからない）。そのストーリーをさっと書き上げると、作家もあとはもう忘れてしまう。一方、小説は、何か月も、ときには何年も、書き手と同居する仲間なのである。それはとても心地よい存在といえる。

ジャン＝ジャック・ルソーは奇妙なことに、短篇というのは、文学のコルシカのようなもので、そこでの唯一の立法者は自然なのだと主張している。ゲーテは、「聞いたことのないようなできごと」だと定義している。またイサーク・バーベリは[*]、「短篇には、銀行小切手のような正確さが求められる」と述べる。バーベリは、短篇をめぐる短篇なるものを書いているのだ。そこでは語り手が、富豪の夫人がモーパッサンの『告白』を翻訳する手助けをしていて、彼女の腕のなかで死ぬ。

おそらくは新聞・雑誌のために書かれたためであろうが、短篇は当初、「落ち」がついて終わるところの、つじつまの合った物語だった。もっぱら、「落ち」のついた最後のひとことのために書かれたという印象を受ける短篇もよく見られる。

ジャーナリストだったり、世界のあちこちを放浪したりしているならば、短篇も結局のところ、現場で実際に見たことになりうる。この点で、ジョルジュ・フリードマンは少しもまちがってはいなかったのだ。スペイン内乱のとき、ヘミングウェイは、村民はすべて逃げてしまったのに、たったひとり橋のそばに残った老人と出会う。この体験が、彼をして、はっと息を呑むような短篇を書かせることとなる。これはむしろルポルタージュといえるものの、彼はのちにこれを短篇小説だとした。「橋のたもとの老人」というタイトルもそのままだった。

モーパッサンの場合も同じことがいえる。彼は三面記事や、ノルマンディーの農家で聞いた、ときにはきわどく、ときには悲しくて残酷な話からネタを仕入れている。たとえば、短篇「ピエロ」は、コー地方の田舎で、じゃまになった犬を泥炭の採掘孔に放り投げると、穴の底で犬たちが食らいあう話である。これは一八八二年の短篇であるから、一九一〇年以降、トルコのイスタンブルで野良犬たちが捕まえられてオクシア島という孤島に捨てられるようになるよりも前の話ということになる。だからといって、短篇を書き上げるのは大してむずかしくはないと決めつけるのは危険だ。優れたものに仕上げるのが、どれほど大変なことか。

短篇をしっかりと定義しようとしても、その長さという障害にぶつかる。ヘンリー・ジェイムズが典型だ。彼についていては、詳細に検討してみる価値がある。彼は自分の作品を、tales, novellas, novelsと三種類に分けているのだが、どうやら長さが唯一の基準であるらしい。短篇「ザ・リアル・シング The Real Thing」のなかで、まるで画家のようにこう告白する。「これにはわたしのへそまがりが関連している。つまり、わたしは現実的なものよりも、むしろ表現されたものを好むのだ。現実のものの欠点とは、表現が欠如しがちなことだ。わたしは現れたものが好きだった。それが実在したかどうかは二義的なことで、このことを問題にしてもほとんどの場合空しい。」したがって彼は、外で夕食かなんかをしているときの四方山話で仕入れた話を「手帖」に書き留めたとしても、この生(なま)の事実を物語にすることはない。あれこれ推測をめぐらせ、ほのめかし、暗示する。そして、登場人物の内心の感情を示すときも、彼らの対話を描くときも、それを果てしなく続けることになる。要するに、ヘンリー・ジェイムズの短篇(ヌーヴェル)は、その語りの方法においては、彼の傑作といわれる長篇小説(ロマン)とほとんど異なるところがなくて、短篇に期待されることの対極に位置している。にもかかわらず、ときとして、一読して忘れがたい見事なできあがりになっている(この点に関しては、短篇集『荒涼のベンチ』の仏訳[*]に添えられたJ＝B・ポンタリスの透徹した序文が必読である)。

もう一人のアメリカの作家シャーウッド・アンダーソン〔一八七六―一九四一〕は、フォークナー、ヘミングウェイなど「失われた世代」の作家たちよりも上の世代なのだが、短篇小説を、よくできたお話という拘束衣から解き放って、自由を与えた最初の作家の一人である。こうしたことから、彼はチェーホフに匹敵する存在とされて、アンダーソン本人も、これを当然のことだと答えている。オハイオ州では、ロシアと同じく、キャベツを食べているのだからというのだ。したがってアンダーソンは、合衆国中西部のチェーホフとなるべき運命にあったのだ。チェーホフは、だれにもまして、閉じられたストーリーというルールと決別した作家だった。

アントン・パヴロヴィチ・チェーホフの短篇は、それまでのストーリーとは矛盾する、あるいはそれに疑念を投げかけるところの、ある種の和音で終わることが多い。ひとつだけ実例を挙げておく。「いいなずけ」では、田舎に住む若い娘が、もう二度と帰るまいと思って故郷を離れ、モスクワに向かう。けれども作者のチェーホフは、そっと「彼女の思うところでは」と付け加えるのだ。

イオーヌィチというチェーホフの登場人物は、こう考える。「無能なこととは、短篇が書けないことではない。それを書いたら、それを隠せないことだ」と〔「イオーヌィチ」一八九八年〕。

【訳注】

119頁　**口癖をネタにして短篇を書いたりする**　短篇集 *Une nouvelle pour vous* (Gallimard, 2003) 所収の、同名の短篇がそれで、考古学者の口癖がこれ。

120頁　**スタンダールは〜と書いている**　一八二九年の「メモ」だが、お抱えの写字生 Bonavie の筆跡だという。

121頁　**このgrâceということば**　grace に対応するフランス語の grâce には他に、「優雅さ」「はからい」「恩赦」などの意味がある。

123頁　**「スリックス slicks」**　光沢紙で刷った雑誌。他方に、「pulps」つまり「ざら紙雑誌」があった。

123頁　**新聞王のハースト**　マリオン・デーヴィスは彼の愛人で、ハーストは彼女のために次々と映画を製作した。

124頁　**覚えているかもしれないけど〜終わり方をしていたよね**　以上、詳しくはグルニエによる次の評伝を参照。グルニエ『フィッツジェラルドの午前三時』中条省平訳、白水社、一九九九年。

125頁　**イサーク・バーベリ**　ロシアのユダヤ人作家（一八九四―一九四〇）。短篇の名手といわれた。『騎兵隊』『オデッサ物語』など。

126頁　**『荒涼のベンチ』の仏訳**　Henry James, *Le Banc de la désolation et autres nouvelles*, Folio classique, n. 3773, Gallimard, 2002.

未完成

死や、あるいはたわいのないことのせいで、われわれは未完成を余儀なくされる。文学では、また一般的に芸術では、未完成の作品は死後におおやけになることが多い。ロジェ・マルタン・デュ・ガール〔一八八一―一九五八〕は『モモール中佐の回想』を書きながら、この小説が果てしない脱線でふくれあがるのを見ていたし、自分の筆力の衰えも感じていたので、最後には、この作品は死後刊行となりそうだという気持ちを受け入れて、このことを喜んだ。[*] はたして、彼が主人公にモモール Maumort という、「死 mort（モール）」ということばがどもったような名前を与えたのは、偶然なのであろうか？マルタン・デュ・ガールは、この際限のない小説が出版可能となるような策略までも考えていた。それには、未完であることが、著者ではなくても、登場人物の死によって説明されればいいのだ。「この作品は、なんの支障がなくても、いつ中断してもおかしくはない。というのも、虚構とはいえ、これは七〇歳代の男の書簡集であるからして、その者の死は明日にでも訪れるかもしれないのである。わたしがいかなる状態で原稿を放り出すにしても、これにもっともらしい結末を与えるためには、モモールの書いたものに何行かを加筆して、そこに説明を添えれば、それで十分であろう。」
マルタン・デュ・ガールは、この小説に、日記、回想録、書簡集のうち、いかなる形式を付与すべきかで迷っていたにすぎない。とはいえ、いずれの場合も、彼の仕掛けは機能していたといえる。

カフカは、長篇『城』を本気で未完のまま残した。カフカは自分のことを、思い出で作られた荒れ果てた家の持ち主で、小説という別の家を建てるために、その資材を利用する人間にたとえている。けれども、その作業の途中で体力がなくなり、その結果、荒れ果てた家は半分解体され、もう一軒の家は未完成のままになってしまうのだという。

『失われた時を求めて』についても、ひとことだけ。この大作の一部〔全七篇のうち三篇〕は、作者の死後刊行されるのだが、人生にも似て、『失われた時を求めて』を完成した作品とも、未完の作品とも考えることができる。というのも、作者があと一〇年、二〇年、いや三〇年以上生きたとしても、加筆訂正をおこない、分量を膨らませることをやめないということも考えられるからだ。現に、『見出された時』で語り手自身がこう述べている。
「そうした大作においては、建築家のプランの規模が大きいがゆえに、下書きをおこなう時間しかなくて、おそらくは絶対に終わらないような部分も存在する。どれほど多くの壮大なカテドラルが未完のままに残されていることか！」

真の未完の傑作といえば、ムージルが残した『特性のない男』という、みごとなまでに進行中の作品がある。

パスカル・ピアがわたしに話してくれたのだが、ジャック・ド・ラクルテルとジャン・コクトーはラディゲの葬儀の際に、葬列にしたがって歩きながら『ドルジェル伯の舞踏会』をどうやって終わらせるかを議論していたという。

ヴィトルド・ゴンブローヴィチ〔一九〇四―一九六九〕の特異な個性は、歴史の気まぐれさにも後押しされて、未完成にして、完成した作品を生むこととなった。まだ学生であった頃、彼は仲間と協力して、「料理女たちのための」小説を書いて、大金を稼ごうと決心した。けれども、「悪い小説を書くことは、たぶん、良い小説を書くのと同様に簡単なことではない」のであった。それでも、このアイデアに悩み続けたあげく、彼は『血迷った者たち』という最高の連載小説に挑んで、一九三九年、《エクスプレス・ポラニー》、《今晩は！ 赤い新聞》というポーランドの日刊紙二紙に連載が始まった。彼はZ・ニュイエスキという偽名を使った。それはゴシック・ロマンスであると同時に、「グロテスクな」物語であった。「グロテスク」といっても、ポーランド文学でいうところの「グロテスク」とは、嘲笑がたっぷりと混じったニュアンスがある。ところが、ドイツ軍のポーランド侵攻によって、二つの新聞は廃刊となる。ポーランドの人々は、より大きな悲劇との対峙を余儀なくされて、『血迷った者たち』の結末は知らずじまいとなる。

ゴンブローヴィチは一九六九年になってようやく自分が作者であることを告白し、一九七三年、このポーランド語の小説が出版されるのだが、それは祖国ではなくフランスの出版社クルテュラ〔Editions Kultura〕からで、相変わらず結末は欠けたままであった。

ポーランドと南米を結ぶ定期船の開業に際して、招待客として乗船したゴンブローヴィチは一九三九年八月二一日にブエノス・アイレスに到着した。まさか、自分がそのままこの土地に二四年も留まるとは夢にも思っていなかった。連載小説は、その都度書いていくことが多いから、ゴンブローヴィチの場合も、結末は書かずじまいのまま、こうして亡命の道を歩むことになったのだと思われていた。ところがである。一九八六年になって、結末がすでに《今晩は！ 赤い新聞》に載せられていたことが発見されたのだ。一九三九年九月の上旬、結末部分が毎日掲載されていた。そして、読者が予想していたように、ハッピーエンドであることが明らかになった。ワルチャクとマヤという、「呪われた」二人の主人公は「悪」から解放されて、自分たちが愛し合っていると認めることができるようになるのだ。

「ぼくはいくつかの山頂に登り、谷間に視線を投げた」、ポーランドのもう一人の風変わりな作家〔ヤン・ポトツキ（一七六一―一八一五）のこと〕の作品は、ここで途切れている。そして、次のような手書きの指示が続く。「ヤン・ポトツキ伯爵は、これらの紙葉を、モンゴルに出発する〔中国に外交使節として派遣された〕直前の一八〇五年、ペテルブルクで印刷させたが、タイトルも結末もなく、彼がこの作品において自由奔放に駆使した想像力に導かれて、続篇を綴るのか、あるいはそうしないのかの可能性を残したのである。」

伯爵は中国から帰国すると続篇を書き、これが『サラゴサ手稿』*となる。フランス語で書かれ、ポーランド語に翻訳され、そしてまたフランス語に訳され、一部は失われて、また見つかり、盗作されたこのテクストを、はたして完成したものとみなせるのだろうか？　作品の構造そのものが、読者を果てしない悪夢でめまいを起こさせるように構想されている。おたがいに入れ子のようになった複数の物語なのだけれど、どの物語も、魅惑的な姉妹がいっしょに寝ているベッドに落っこちた一人の男の話を語っている。この無上の快楽を味わったあとで——これは夢ではないのだろうか？——、彼は絞首台の下、死体の間で目覚めるのだ。ロジェ・カイヨワ*によれば「まるで呪われた鏡が、執拗にこの場面を映し出すかのように」、この状況が繰り返されることになる。

「未完成（イナシュヴェ）」を「放棄・断念（アバンドネ）」と混同してはいけない。たとえば『リュシアン・ルーヴェン』がそれだ。スタンダールは、この作品を絶対に公刊できそうもないことを知っていたのだから、この作品は放棄されたということになろう。彼が「現在の経験」と呼ぶところのもの、すなわち、ルイ＝フィリップがフランスの王となり、自分は公務員でいるかぎりは、まず公刊は無理だと考えていたのである。クロード・ロワのように、「作品がどのように終わるのかを知りたいという、われわれの素朴な欲望」

について自問することは可能だ。ロワはこう書いている。「スタンダールの意図なるものは、われわれには明白である。主人公はついにヒロインと再会し、二人の仲を裂こうとして医師デュ・ポワリエが考えた筋書きも解決され、リュシアンとシャステレール夫人は結ばれて、子だくさんとなる。けっこうなことではないか。けれども、読者が気をもむのは、最後にどうなったのかを知ることができないからではなく(これは、大体は予想がつくわけだが)、作者が出会った困難を、いかにして切り抜けることになるのかを知りたいのである。」(『幸せな手』一九五八年)

一七世紀だと、『寵愛を失った小姓』という自伝的な趣のある小説の終わりで、作者トリスタン・レルミット(一六〇一頃―一六五五)は、主人公の冒険はまだ終わってはいないとして、さらに二巻を書くことを約束している。だが、その一二年後、彼はその二巻を書くことなく没する。彼は悲劇や、詩や、牧歌劇を発表することになるが、私的な作品はなにも書くことがなかった。たぶん、最初の冒険のときに、作者と似たところのあるこの小姓は、「たくさんの異なる社会」に憎しみをおぼえて、人々と交わる気持ちがほとんどなくなってしまったのだ。憂鬱になり、白けてしまって、レルミットも沈黙を選んだのである。

私的な日記は、その性質そのものからして、未完の作品といえる。というのも、いかに自分自身について饒舌であったとしても、作者の死が、その流れを中断してしまうのだから。

「わたしは名声がほしい」と、若きマリー・バシュキルツェフ（一八五八―一八八四）は『日記』*に書く。だが彼女はただちに、こう付け加える。「わたしに名声を与えてくれるのは、この日記ではないでしょう。この日記は、わたしの死後でなければ出版されないはずです。だって、生きている間に自分を見せるには、日記でのわたしはあまりに赤裸々にすぎるのだから。」それでも彼女は、力が尽き果てるまで日記を書いた。彼女は死にかけており、同じく画家で、自身も死が迫っていたジュール・バスティアン＝ルパージュ（一八四八―一八八四）は、彼女のもとに運んでいってもらう。そして二人は、もはや絵が描けなくなってしまったことをひどく落胆する。

「わたしたちは、なんと悲惨なのでしょう！　管理人たちだってみんなぴんぴんしているわ。エミールはすばらしい弟ね。ジュールを肩に背負って、四階の部屋まで上ったり降りたりしているんですもの。わたしの場合は、ディナが同様の献身的なふるまいをしてくれる。二日前から、わたしのベッドは客間に置かれている。でも、すごく広くて、ついたてで仕切られているから、スツールとかピアノなんかは見えない。階段を上るのだって、わたしにはとてもつらいの。」

その一一日後の一八八四年一〇月三一日、マリー・バシュキルツェフは世を去った。

ルソーは散歩の合間に、トランプにメモを書き留めている。そのひとつには、次のように記されている。「死がゆっくりと進んできて、歳月の進行を知らせてくれるかと思えば、その悲しい接近を、心ゆくまで見せて実感させてくれる……」

一時期の心の動揺を予感させるこの文章が尻切れトンボであることが、その悲劇的な強さをより強調しているかに思われる。

『孤独な散歩者の夢想』は未完であることにおいて、一個の「日記」でもある。「第十の散歩」はぷつんと終わってしまう。それでもやはり、ルソーを愛する人間にとっては、この上なく感動的なものなのである。「今日は枝の主日〔復活祭前の日曜日〕だが、ぼくがヴァランス夫人と初めて出会ってから、ちょうど五〇年になる……」〔「第十の散歩」の冒頭〕

謎めいたソネット「アルテミス」〔『幻想詩篇』所収〕のことを、作者ネルヴァルは「時間のバレエ」と名づけようとも考えたのだが、なにがいいたかったのだろうか?

「一三番目」の女が帰ってくる……またしても最初の女だ、
いつもただ一人の女、あるいは唯一の瞬間なのか、
だって、ああ、おまえは女王だから！　最初の女、それとも最後の女?
おまえは王なのか、唯一のあるいは最後の恋人なのか……

ここでは未完成が永劫回帰となっている。

逆説的なことだが、ブルーノ・シュルツ*の『偶像賛美の書』における神秘的な完成という見方は、完成なるものとは相容れないように思われる。「最後まで全体像が現れないものごとが存在する。それらはあまりに大きすぎて、ひとつのできごとには収まりきらないし、あまりにも壮麗でありすぎるのだ。現れようと試みて、現実という地面を探ってみる。地面が耐えてくれるものなのかを。そしてすぐまた、引っこんでしまう――不完全な現れ方をして、おのれの完全さを失うことを危惧して。」〔『クレプシドラ・サナトリウム』〕

文学のなかの人生では、たえず終わりを告げて、ほころびる愛というものがある。人はもうすぐ困難も克服されて、いっしょに暮らせると期待する。だが、その約束の期限はつねに延期される。同じせりふが幾度も口にされて、その都度、半信半疑でありながらも、同じ約束が交わされる。こうして大いなる愛は、中身のない貝殻のようなものとなる。

これとは逆に、つかの間のアヴァンチュールを楽しんでいると思っている人間が、いつの間にか、終わりのない愛という罠にとらえられていることもある。たとえば『犬を連れた奥さん』にはこうある。「グーロフは二人の恋がすぐには終わらず、いつ終わるかも見当がつかないことがはっきりわかっていた。アンナはますます彼に執心し、彼を熱愛していたから、そんな彼女に、これらすべてもいつかは終わることになると告げるなど、とても考えられなかった。それに、そんなことをいっても、信じるはずもなかった。」新しい人生、彼らが強く願うようになった二人だけの生活までは、まだとても遠く、「もっとも複雑で困難な道のりが、ようやく始まったところのように」感じられるのだった。

もっと素朴に、決してなにも終わらないのだと感じている人々もいる。恋愛においては、人生に悩みがあると、愛の情熱もストップがかかる。でも、それは中断にすぎない。新たな状況とか再会などによって、再び情熱が燃え上がるかもしれない。少なくとも、当人たちはそのように信じているのだ。われわれの多くは、そのように思っているのではないのか？　われわれは心の中で、死んでいった者たちといっしょに生きているのだし、変わることなく彼らを愛し、憎み、彼らとけんかをし、そしてまた仲直りしている。われわれはその物語が終わった日に、もうそれを再開している。そして、その続きを想像しようとしているのだ。そうした関係が終わるとは、われわれが終わるということにほかならない。それは長いこと『野生の棕櫚（しゅろ）』とも呼ばれていた、フォークナーの『エルサレムよ、もし我が汝を忘れたら』（旧約聖書、「詩編」一三七）の主人公が口にする単純な思い出にも劣らぬものである。

「彼女が亡くなったとき、思い出の半分も同じようになくなった。そしてぼくが死ねば、思い出はすべて存在しなくなってしまう。――そうなんだ。……悲しみと無のうちで、ぼくは悲しみを選ぶことにする。」

『ピーター・イベットソン』*では、愛が別れのみならず、死をも克服する。だが最後には、「まず第一に、わたしがいいたいのは」と文章の途中で、ピーターの新聞は終わってしまう。それはまるで、華々しく感動的なこの寓話を繰り広げるべく、いかに努力しても、所詮は未完成という定めにおちいることを、作者もわかっていたかのようである。

ペネロペイアが織る織物は、貞節なる愛に奉仕する未完成なるものを表している。オデュッセウスが神罰（もしくは、もっとくだらない理由）によって、帰郷に手間取っているあいだも、ペネロペイアは昼間織り上げた部分を、夜にほどくという作業を果てしなく続けるのだった。では、イタケの王オデュッセウスが帰宅したとき、織物はどうなっているのか？　それはおそらく、永久に未完成のままなのである。

ロマン派にとっておなじみのテーマは死産した恋であって、そこでは一目惚れと離別が同時に起こり、一瞬のうちに、二つの心は燃え上がり、絶望する。これぞ未完成のきわみといえる。「通りすがりの女に」（『悪の華』所収）で、「きらめく光……それから夜！」と叫んだボードレールは、「おお、私が愛したであろうきみ、おお、そうと知っていたきみよ！」と書く。

このボードレールの通りすがりの女性はおそらく寡婦となり、喪に服しているのだ——喪失、追放、敗北と、生の流れを止めるすべてを歌い上げた偉大な詩「白鳥」（『悪の華』所収）のアンドロマックのように。

ただしボードレール以前に、ペトリュス・ボレル〔一八〇九―一八五九〕のコント「美しきユダヤ娘ディナ」*で、通りがかりの女性との愛と絶望という、つかの間の出会いが描かれている。

チェーホフはこのような、ちらりと見ただけですぐに消えてしまう美女の話を、二度書いている。「女たち」は自伝的な物語だ。また妹に宛てて書いた一八八七年四月の手紙も同様であって、そこでは、駅の二階の窓から「悩ましげで、美しい」ひとりの女性を見かけて、「一瞬、心が燃え上がったものの、ぼくは立ち止まりはしなかった」と語っている。

アナトール・フランスは「未完のもの、無意識的なものの幸福な喜び」について述べている。とはいえ、文学における未完成のチャンピオンは、やはりなんといってもフロベールである。つねに頓挫してしまうエンマ・ボヴァリーの恋愛、一生涯にも及ぶフレデリック・モローとアルヌー夫人の成就することのない愛の情熱、ブヴァールとペキュシェの飽くことなき百科事典的な欲求といったものだ。

ところでこのわたしは、たとえばフィッツジェラルドの『夜はやさし』〔一九三四年〕のように、つぶやきで終わる小説が好きでたまらない。最終章、主人公ディック・ダイヴァーの消息は次第に曖昧にして、途切れ途切れなものになっていく。彼が精神科医としてバッファロー、それからニューヨーク州のバテイヴィアに、そしてロックポートに移り住んだところでトラブルが生じ、フィンガー・レイクス地域のジュネーヴァあるいは「田舎のこのあたりの、どこかの町」に落ち着いたことはわかる。けれどもディック・ダイヴァーの消息も、そしてまた小説も、そこで止まってしまう。それでも妻であったニコルは、「わたしはディックを愛したのだし、彼のことは決して忘れない」と言い切る。これに対して、ニコルが再婚した夫は冷静に、「もちろんだとも。きみが彼を忘れられるはずないじゃないか」と答えるのだった。

中断符号という三つの点の連なりがある（中国語では点が六つになるのだ！）。なかにはこの符号をふんだんにまき散らす作家も存在する——もうなにもいいたくないとばかりに。

フィレンツェのアカデミア美術館にある四体の未完の彫像「奴隷たち」は、なかば大理石から抜け出そうとしている。ミケランジェロは自分の意志によって、奴隷たちを、石から引き出そうとしなかった。精神がどうしてもマチエールを逃れられなかったのだ。エリー・フォールが次のように述べている。「彼が巨大な彫像を半分仕上げたとき、巨像は追い越されてしまい、彼の心はそれ以外の悩みや、勝利、敗北に移ってしまった。こうして彼は、彫像など、モニュメンタルな全体を仕上げることはほとんどなかった。」そしてフォールは、こう深く考察している。「ミケランジェロの偉大さは、決定的な幸運はわれわれには到達できないものであって、人類はそれ以上苦しまないために、死なないために、安らぎを求めるのであり、その安らぎを見出すと、またすぐに苦しみのなかに沈潜していく

のだということを、自分で理解して、表現したことにほかならない。」(『美術史』第一巻)

ロダンの場合も、その彫塑はときとして意図して未完のまま残されて、想像力に機会を与えることとなる。レオナルド・ダ・ヴィンチについては、ヴァザーリが、「あれほどまで気まぐれでなかったならば、学問においても、文学においても、多大な成果をあげていたであろう。ところが彼は、さまざまな分野のことを探究しようとしては、始めたかと思うと、すぐに放り投げてしまうのだった」(『ルネサンス画人伝』)と明言している。フロイトも、未完成こそがレオナルドの大きな「徴候」だと考えている。

アンリ・ミショー(一八九九―一九八四)は『パサージュ』(一九五〇年)のエピグラフに、吉田兼好(一二八三―一三五〇)*の『徒然草』にある、「内裏造らるるにも、必ず作り果てぬ所を残すことなり」(第八二段)を選んでいる。

『どこかで未完のまま』(一九七八年)――これはリルケの表現を借りたものなのだが――という、すばらしい対話*でヴラディミール・ジャンケレヴィッチ(一九〇三―一九八五)は、音楽に関するベアトリス・ベルロヴィッツの問いかけにこう答えている。「通常、時間的な広がりを有している音楽というものが、多かれ少なかれ未完成のしるしを帯びていることは納得できるのです。時間的な継起のうちに展開されるものは、それがダンスであれ、陽気な芝居であれ、ふとしたときになにがしかのメランコリーをかもし出すものなのです。」

しかしながら、音楽が時間のうちにあるとはいえ、「それが時間の流れという悲しさを感じさせなくさせるのも、また本当なのです。……音楽は、もはや死が問題とはならないある種の永遠の現在のなかに、音楽家を運び、そこにとどめるのです。もっといえば、音楽とは、永遠というとても生きられないものを生きるための方法なのです。」(『どこかで未完のまま』)

なぜシューベルトが有名な交響曲(「未完成交響曲」ロ短調)を未完成のままにしたのかと問うて、想像力を無駄遣いする代わりに(彼は第三楽章のスケルツォを下書きしただけで、たった九小節しか作曲していない)*、なぜ彼が、神秘や絶望を生み出すところの、ロ短調という調性を選んだのかを考えたほうがよさそうだ。謎が好きならば、「未完成交響曲」という謎よりも、むしろ、依然として実在の有無がはっきりしない幻の作品「グムンデン＝ガスタイン交響曲」*の謎のほうが大きい。

またなかには、『神学大全』や『資本論』など、著者の野心があまりに大きすぎて、完成に至らなかった作品も存在する。

ジョルジュ・デュメジル*は晩年に、真剣さが足りなかったといって、こう自分を責めた。「わたしは本当ならば、現在は、コーカサス(カフカス)の四〇の言語の一つであるウビク(ウビフ)語を調べていなければならないのだが。」

ウビク語の話者は、もはや一人しかいなかった。

「この仕事に専念するために、ほかのすべてを放棄したほうが賢いであろう。けれども、わたしには勇気が欠けている。本当に、わたしは誠実だなどといえやしない。」

デュメジルは死んだ。最後のウビク語話者である村人も死んだ。この二人とともにウビク語も消滅した。

心理学者ポール・ジャネ*にとって、未完という感情は、「不完全感（アンコンプレチュード）」と呼ばれる疾患なのであった。

実際、この「不完全感（アンコンプレチュード）」という病は、芸術家や創作者のみならず、消費者をもおそう。本当のことをいえば、わたしは『オデュッセイア』を一気に通読したり、「ペレアスとメリザンド」を最後まで聴いたり、『繻子の靴』を最後まで読めたりしたことは、一度もないのだから。

わたしの妹は二一歳のときに死にかけた。彼女はわたしに秘密を打ち明けたし、わたしもそうした。わたしの結婚生活が危機を迎えていることを、手紙で打ち明けたばかりなのだった。妹は、それはどういうことなのか聞きたがった。けれども、いつも病床に母など、他人がいたせいで、二人で自由に話すことができなかった。それでわたしは、「なにも。いずれ説明するから」と答えるしかなかった。だがまもなく彼女は苦しみ始めて、うわごとをいうようになった。だれかのことを呼んでいるのだけれど、それがわたしなのか、それとも別人なのかわからなかった。「わかっているのよ、わたしは……」ともいっていた。

この未完のフレーズは、最初のことばからして、耐えがたいものだった。わたしはよく、心の中で、途中で終わってしまったこの対話を再開してみるのだが、そのたびに、妹もわたしも、おたがいに必要としていた唯一の打ち明け話の相手を失ってしまったのだと痛感する。

どちらが最悪だろうか？　未完であることだろうか？　それとも、終わってしまったことだろうか？

山で、見知らぬ犬が後を付いてきたとする。そして急に、犬が道を引き返してしまう。そしたらあなたは、もうその犬のことなど忘れてしまう。

【訳注】

129頁　**このことを喜んだ**　この未完作品の草稿は一九八三年に出版された。

133頁　**『サラゴサ手稿』**　抄訳が存在する。『世界幻想文学大系19　サラゴサ手稿』工藤幸雄訳、国書刊行会、一九八〇年。

133頁　**ロジェ・カイヨワ**　批評家（一九一三―一九七八）。『遊びと人間』など。

135頁　**『日記』**　漱石の弟子の野上豊一郎による翻訳がある。また宮本百合子は、「マリア・バシュキルツェフの日記」という評論を書いている。

137頁　**ブルーノ・シュルツ**　ポーランドの作家・版画家（一八九二―一九四二）。いずれも短篇集の『肉桂色の店』『クレプシドラ・サナトリウム（砂時計サナトリウム)』など。『偶像賛美の書』は版画集で、一九八八年になってようやく刊行された。

138頁 **『ピーター・イベットソン』** イギリスの漫画家・小説家ジョージ・デュ・モーリエ(一八三四―一八九六)が、一八九一年に発表した小説。

140頁 **「美しきユダヤ娘ディナ」** 『シャンパヴェール悖徳(はいとく)物語』(一八三三年)に所収(邦訳は国書刊行会)。

142頁 **一二八三―一三五〇** ( )内の生没年はグルニエによるもの。現在の通説では、生年が一二八三年頃、没年は一三五二年以後とされている。

142頁 **すばらしい対話** 邦訳は『仕事と日々・夢想と夜々――哲学的対話』みすず書房。

143頁 **九小節しか作曲していない** グルニエの記憶ちがいで、二〇小節までは総譜として残っていて、それ以降もピアノスケッチはあるらしい。

143頁 **幻の作品「グムンデン＝ガスタイン交響曲」** シューベルトの手紙・日記に出てくる曲で、幻の交響曲とされるが、D944の「ザ・グレイト」を指すともいわれる。

143頁 **ジョルジュ・デュメジル** 神話学者(一八九八―一九八六)。『印欧語族の神々』など。最後のウビク語話者はトルコの村にいたが、一九九二年に死去。

144頁 **心理学者ポール・ジャネ** ポール・ジャネ(一八二三―一八九九)は哲学者で、ここは彼の甥にあたるピエール・ジャネ(一八五九―一九四七)のこと。

まだなにか、いっておくべきことがあるのか？

作家の、より広くは芸術家の最後の作品とは、はたして本人にとって、あるいは他者から見て、最終的なものなのだろうか？　自分の作品に意識的に終止符を打つような作家は少ない。遺言といえるような作品を書く作家も少ない。サン＝ジョン・ペルス〔一八八七―一九七五〕のように、詩的な力強さで次のように言い切る芸術家は少ない。「ぼくらは偉大な時代にいる……これらの場所を、ぼくらは後にする。大地の果実はぼくらの壁の下に、空の水は貯水槽の中に、そして大きな斑岩の砥石は砂の上に横たわる……

おお夜よ、聞いてくれ、人影のない中庭で、淋しいアーチの下で、聖なる遺跡や、分散した古い蟻塚のあいだで、巣穴のない魂の崇高な大いなる歩みを。」〔『年代記Ⅷ』一九六〇年〕

作り手のアイデアが出尽くしてしまうこともよくある。ジョゼフ・コンラッドは一九二四年の八月三日にこの世を去ることになるのだが、その二か月前、アンドレ・ジッドにこう書いている。「わたしはこの四年間、まともなものはなにも書いていません。もう終わりかなとも思うのです。」

ウィリアム・フォークナー〔一八九七―一九六二〕にしても、「わたしは終わりに近づいていることが、樽の底に近づいていることがわかります」〔ジョアン・ウィリアムズ宛書簡〕と書いている。

要するに、もういうべきことのない芸術家もいれば、いわばギロチンの刃が落ちてきて、計画のさなかに死んでしまう芸術家もいるのである。たいていは、自分の生の期限が、つまり創作の期限が切れることを意識してはいない。トルストイなどは、せっせとメモや執筆プランや、下書きを書きためていたのに、突然、家出をして、のたれ死にしてしまった。

ヨハン＝セバスチャン・バッハ〔一六八五―一七五〇〕は例外的な存在だ。彼は自分の死が近いのを感じていた。そこで「フーガの技法」に着手する。「バッハにとっては、聴いたり、演奏してもらうことはおろか、読んでもらうことも不要だった。これを書くだけで十分なのだった」と、アルマン・ファラキは名著『バッハ、最後のフーガ』〔二〇〇四年〕で述べている。ときどきバッハは「フーガの技法」を中断しては、その時間を「ロ短調ミサ」とか「カノン風変奏曲」などの作曲にあてた。かくして「フーガの技法」は未完に終わり、あたかも作曲家がどうでもいいと思っていたかのごとく、楽器指定などは書かれていないのだ。

これとは逆にチャイコフスキー〔一八四〇―一八九三〕は第六交響曲「悲愴」を作曲中に、甥のウラジーミル・ダヴィドフに「終わっていないという確信が、ぼくにどれほど喜ばしいか、きみには想像できないだろうね」と書いている。

だが初演の九日後、コレラだとも、砒素を飲んだともされるけれど、チャイコフスキーは死去する。

作曲家みずからが涙したという、この曲の感動的なまでの力強さと、チャイコフスキーが、「万人にとっていつまでも謎となる」ようにこの交響曲を構成したことからして、「悲愴」はまさに神話的な遺作なるものを体現している。

芸術家自身が、自らの創造に終止符を打つことを、明らかに示す場合も見られる。「ライムライト」（一九五二年）という、やや過剰にメロドラマ調でお涙頂戴の映画で、*チャーリー・チャップリン（一八八九―一九七七）は、自分が演じる登場人物のカルヴェロの口から、シェイクスピアの辞世の句をいわせている。「心と精神、なんたる謎だ」といって、カルヴェロは目を閉じるのだ。顔には布がかけられて、死んだカルヴェロは運ばれていく。もっともチャップリンはその後も、「ニューヨークの王様」「伯爵夫人」と二本の映画を撮る。また、本当の遺作となるはずであった「ザ・フリーク」は、翼が生えてくる若い娘の話で、実の娘のヴィクトリアにこの配役を演じさせる腹づもりであったのだが、結局は、撮影されずじまいになった。

クロード・ロワは、蘇軾（そしょく）（一〇三七―一一〇一）の死を物語っている。*死の年の七月二六日、この中国の詩人は辞世の句を書いている。*

余生欲老海南村　余生　老いんと欲す　海南の村
帝遣巫陽招我魂　帝　巫陽を遣て　我が魂を招かしむ
杳杳天低鶻没処　杳杳たり　天低れ　鶻の没する処

青山一髪是中原　　青山　一髪　是れ中原
〔私の老後を　この南の村で送ろうと決心したが／天子様は巫陽のみこに魂をよびかえせと命ぜられた／
とおくとおく　はやぶさのつばさがかくれる空のはて／髪ひとすじのような青い山　ああ　あれこそ中原
だ〕

七月二八日、左遷される彼を乗せた船の上は、とても暑かった。寝返りを打って船室の壁を背にして、詩人は死ぬ。

そしてわが友クロード・ロワはといえば、肺癌の手術を受けて、「滞在許可」と呼ぶものを手にしてからは、延命のための訓練さながら、毎日、詩を一篇書いていた。彼はこれらの詩について、遺作だと考えていたのだろうか？

というのも、いずれ、すべてが最後で
あったような日が来るだろうから。*

モリエールは血を吐きながら、気で病む男の笑劇（ファルス）を書き上げる〔『病は気から』一六七三年〕。そして、三回目の上演のときに他界する。

遺作を書くという誘惑は、いつでも訪れかねない。「本書は、一人の死者の書を読むように読まれるべきだ」と、ヴィクトル・ユゴーは『観想詩集』〔一八五六年〕の序文で書いている。

ユゴーはジュール・ジャナンにこう告げる。「この作品は四つの部分に分けることができるでしょう。そのタイトルは「わが死せる青春」「わが死せる心」「わが死せる娘」「わが死せる祖国」となりましょう。ああ、なんと悲しいことか！」

けれども、ポール・ムーリス*には、「それは穏やかな詩句の一巻なのです」と述べているし、別の相手には、「わたしは『観想詩集』というやや暗い天空を、いくつかの星で金色に飾り終えました」と書き送り、装飾的な配慮を示してもいる。

カフカも、「きみは死ぬことばかり話しているけど、死なないね」といっている。

自分の遺作だと思えるものを書くことはできるけれど、すぐに疑いが持ち上がる。晩年の回想録『かくあれかし、あるいは賭けはなされた』を書き終えたときのジッドがそうだった。そこで彼は、こう書き加えている。「ノン！　この手帖の終わりでもって、すべてが閉じられる、出来上がりだなどと、わたしは断言できない。まだなにか付け加えたい欲望が、たぶん生まれるに決まっている。なにを付け加えるのかはわからないが。とにかく書き足したいという欲望だ。きっとそうなる。なにかさらに付け加える最後の瞬間に……わたしはたしかに眠い。でも、眠りたくないのだ。どうやら、わたしはもっと疲れても平気かもしれない。夜だか、朝だか、何時だかわからない。まだなにか、いいたいことがあるのだろうか？　なんだかわからないけれど、いっておくべきことが……」

ジッドはほんの少しばかりユーモアを込めて、「わたしはこれほど年老いて生きていくのに、準備をしてこなかった」と告白する。

まさしく作者が最後だと考えていることから、この作品には、なんと自由があることか！「わたしの前に白いページが開かれる。わたしの目的は、なんであれ、そこに書きつけることだ。」ジッドは「弱々しい筆致で」、自分が子供時代に目撃した事故の思い出から、現在の（心理的、知的な）拒食症へと、イダ・ルビンシュタイン*、ストラヴィンスキー、コポー、アンドレ・バルサク*へ、そこからペギーや、コンゴ旅行へ、オスカー・ワイルド、シャルル・デュ・ボス、シュアレスへと話題を飛躍させる。逸話や、おもしろい話、ジョークなどを寄せ集める。楽しくても悲しくても、セヴァストーポリでのウージェーヌ・ダビ*の死といった悲劇的なものも含めて、思い出が秩序なしにあふれている。ジッドは楽しみ、深く悲しみ、いつも自分の思うところを述べている。

死神とは、ヴィリエ・ド・リラダン（一八三八—一八八九）の書いた白鳥扼殺者トリビュラ・ボノメ（同名の小説（一八八七年）の主人公）のような存在ではない。われわれの白鳥の歌は崇高かもしれず、あるいは不協和音かもしれない。あるいはまた、白鳥の歌などないかもしれない。死神は、われわれのことなど少しも待ってはくれないのだ。ところでチェーホフなのだけれど、『白鳥の歌』と題した一幕の芝居を書いていて、そこでは年老いた役者が「おれは搾りかすのレモン、たわし、錆びた釘にすぎないんだ」と口にする。役者によるこの捨てぜりふを、インスピレーションの枯渇した作家にあてはめることができよう。「ああ！　おんぼろ靴よ！　おまえは年老いた犬！　老いよ……自分の話をしても、強がってみせても、間抜けぶっても、むだなこと。人生はしょせん、おまえの後ろにしかないんだぞ。びんは空っぽだ。もはや、底にほんの少し残るだけ……残りかすしかないんだ……」

この作品が最後になるということが、途中で明らかになる場合も見られる。一九六三年、オーディベルティは一年の日記に着手する。「これまでの年と同じく、浪費される一年となろうが、通年で、自分のことを語る作業に取り組んだ。映画を観たり、車のことで文句を垂れたり、たそがれ時のロジエ通り〔パリ四区。ユダヤ人の多い地区〕の悪臭はたまた芳香をかいだり、アパルトマンを探したり、キリストに、考えをはっきり説明してくださいと頼んだりしたのだ。わたしは六月になるまでは、自分が、プラスチックのヘビだか、いろいろな長さの剣だかをふりかざした、白衣を着た男女の祭司の行列と出くわして、これらの外科医と看護婦たちによって、さしあたり出口なしの輪舞のなかに閉じ込められるとは知るよしもなかった。」

こうして、この年間日記は彼の遺作となる。オーディベルティは一九六五年に死ぬことになるのだが、すでにこの日記を『日曜日が待っている』という非常に簡潔なタイトルにすることを決めていて、このタイトルのうちに、この上ない感情の負荷が込められている。

オーディベルティの遺作のいきさつは特別な場合で、一般的には、作家というものは、いざという時が近づいていることを感じると、日記を公刊することが多い。わたしはロジェ・ヴリニー*のことを思い浮かべている。一五冊ほどの小説やエッセイを書いたのち、彼は日記を抜粋して出版することに決めた。人生の残り時間があまりないという予感が、『盗まれた瞬間』〔一九九六年〕というタイトルで打ち明け話を本にする気持ちにさせたのである。

この『盗まれた瞬間』を読み直してみると、胸が引き裂かれそうなページにぶつかる。彼は、「他人はそんなことには全然気づいていないだけで、各人が苦しみや悲しみで心がふさがり、あるいはそれから気をまぎらせるために、どのようなふるまいをしているのか」について語っているのだ。

また、『これで万事よし』（一九七九年）と『日一日と』（一九八四年）という、マルク・ベルナール*の二つの遺作も実際は「日記」であって、妻エルスを亡くし、自分の死も遠くはないという悲しみに満ちている個所もあれば、ときには、それでも楽しい個所もある。彼のまわりでは人生が続いているのだから。「ページのなかになくしてしまって、首輪もなく、どこに連れて行かれるのかも知らずに」と、彼は書く。そして、『日一日と』は彼の死の直後に刊行されたのである。

ペストがヴェネツィアで猖獗（しょうけつ）をきわめたとき、ティツィアーノ（一四八八／九〇―一五七六）は疫病の流行を食い止めるための「ピエタ」を制作して奉納した。これは悲劇的な作品で、ここでは画家自身が、聖母マリアを虚脱状態で見つめる老人の姿として描かれている。けれども画家には、この作品を完成させるだけの時間がなかった。画家自身がペストに罹患してしまったのだ。現在、ヴェネツィアのフラーリ教会にはティツィアーノの霊廟があり、この絵画はアカデミア美術館に飾られている。

ブルガーコフ（一八九一―一九四〇）の『巨匠とマルガリータ』*における次の発言については、どれほど時間をかければ考えがまとまるのかもわからない。「たしかに人間は死を免れない。だが、それはまだ半分死んだにすぎない。不幸なのは、不意に死が訪れる場合がままあることで、これは難しい問題だ。いずれにせよ、人は、その日の晩にすることなど、絶対にいえやしないんだ。」

アレクサンドル・デュマは臨終の際に、「どうやって終わるのか、わかりそうもない」と口にしたらしい。

彼は、いずれも未完のままになった、小説『エクトール・ド・サン＝テルミーヌ』、あるいは『料理大事典』のことをいっていたのだろうか？

ルートヴィヒ・ウィトゲンシュタイン〔一八八九―一九五一〕は、死後出版となった『哲学探究』*の序文において、無念さをこう表現している。「わたしとしては、優れた著作を公刊したいところだった。だが、運命は別の決定を下した。よりよく改稿できたはずなのに、時間が経過してしまった。」

ウラジーミル・ナボコフ〔一八九九―一九七七〕は、小説『ローラのオリジナル』を頭の中では完全に書き上げていた。最初、彼は「死ぬことは愉快だ」というサブタイトルも付けていた。けれども、紙のテクストはいくつかの断章しか出来上がらなかった。彼の死まで一年足らずとなった一九七六年一〇月三〇日、ナボコフは、《ニューヨーク・タイムズ・ブック・レヴュー》のヴィクター・ルシンキにこう書き送っている。「……昼間の精神錯乱のなか、わたしは壁に囲まれた庭で、数少ない想像上の聴き手に向かって、大声で原稿を読み続けました。わが聴き手というのは、クジャク、ハト、ずっと昔に死んだ両親、二本の糸杉、しゃがみこんでぐるっとわたしを取り囲む若い看護婦たち、そして、とても年寄りでほとんど目立たない主治医で構成されていました。読んでいても、わたしがつまずいたり咳き込んだりするためか、かわいそうに、ローラの物語は、これが本当に出版されて、知的な批評家たちのあいだで獲得するであろう成功を、聴き手に対しては収めることができませんでした。」

そしてナボコフは、この草稿は焼却すべきことを遺言していた。にもかかわらず、死後三三年を経た二〇一〇年、未完の小説『ローラのオリジナル』の仏訳が出版された。*

自分の死が近いことがわからず、作品の執筆が突然打ち切られることを予期していない作家の場合、大抵は未完成で、草稿のようなテクストを読者公衆に残すことになる。パスカルが残した『パンセ』など、なんとも頭を悩ませてくれるではないか。あれやこれやと草稿をひっくり返して、可能な順序に並び替えたとしても、どうにもならない。『パンセ』は遺作とはいえない。それはむしろ、「キリスト教護教論」を執筆しようともくろんだ一人の人間のメモにすぎない。これは、この「護教論」の草稿でさえないともいえる。

そういえば、カミュは『最初の人間』のためのメモで、「書物とは未完でなければならない」と書いていた。

カミュの自動車事故による早すぎる死〔一九六〇年〕が、このメモに悲劇的な意味を与えることになる。実際、カミュは、一人の人間の一生を、激動や戦争を伴う世紀の歴史とからめて書いた、ある種の『戦争と平和』を、いわば開かれた叙事詩という巨篇を思い描いていたのだった。だが、彼には冒頭を書く時間しかなかったというか、その時間もなく、冒頭の下書きしか残されていない。しかしながら、この下書きは少年時代の感動的な物語として読むことができるし、読者からすると、かっちりと構成され、より確固とした、練られた作品の数々よりも、強く心を打つものとなっている。ところが、もっと逆説的な事実なるものが存在していて、はたして最後の作品と考えるべきか否かについて問題を提起せずにはおかない。カミュは、パリの知識人連中におとしまえをつけると同時に自己告発でもある絶望の書『転落』を執筆中に、これとは逆に、人間に対する愛と信頼を表明するつもりの『最初の人間』という作品のためのメモを取り始めているのだ。カミュの心の奥底でなにが起こっていたのだろうか? この二つの作品が、代わるがわる先頭に躍り出たのだろうか? そうではなくて、『最初の人間』はずっと以前から彼の心を占めていた息の長い作品であるのに対して、かたや『転落』はちょっとした脱線、気分転換の作品と見なすことができる。矛盾はうわべだけにすぎない。『転落』で独白をおこなうクラマンスは罪ある存在だ。しかし『最初の人間』のコルムリーは、祖国や家族に背を向けて、根無し草となり、自分の目からしてもろくでなしになっていく。二作品ともに、厭世的なものの見方がうかがわれる。また共に、カミュにつねにつきまとった追放・流謫（るたく）の主題が読みとれる。彼は終生、こうした感情をいだき続ける。

この追放されたカミュという存在は、クラマンスの苦い独白を書きながら、失ってしまった国での子供時代を思い起こすという、追放された者の役割のうちに、ある種の幸福感を見出していたのかもしれない。つまり『転落』と『最初の人間』は、追放されたという感情の二つの側面なのである。

ところで、カミュが『最初の人間』について、「この作品は未完のままであるべきだ」と述べているのに対して、『ラスト・タイクーン』に着手したフィッツジェラルドは、「この小説は短くないといけない」と決めてかかっている。

とはいえ実際は、さして短くなくて、そのためフィッツジェラルドは書き上げることができなかったのだ。彼が死んだとき、この作品は、全六章のうち、最初のエピソードしかできていなかった。なかには、不興を買って、今度の作品を最後のものと考えたほうが賢明だとはっきりいわれた作家も存在する。ボワローが、「『アッティラ』(一六六七年)の後は、もう終わり」とコルネーユに言い放ったのは有名なエピソードだ。にもかかわらずコルネーユは、『ティトゥスとベレニス』『ピュルシェリー』『シュレーナ』を次々と書いた。ボワローはといえば、コルネーユの死(一六八四年)を待って、彼を風刺する詩を執筆している(一七〇一年)。

偉大な作家のなかには、「最後の作品」という呼称に無理がある作家も存在する。彼らの場合、たえず書き直されて、そのせいで未完のままとなったところの、生涯をかけた作品が問題なのである。ニーチェ、プルースト、ムージルといった作家がこれに相当する。ニーチェは、構築への欲望と、完全に自由な形態とのあいだで揺れ動いている。原稿や校正刷に紙切れを貼り付けるという、プルーストの作業を止められたのは、彼の死だけだった。ムージルの場合は、『特性のない男』に付け加えた未完の紙葉の束を、われわれはたえず掘り起こすしかない。批評家たちは、ムージルが作品を完成させることができなかった原因を、彼のマゾヒズムによって説明している。しかしながら、もっともというべきことがあるとか、完璧をめざして努力するといったことが、はたして本当にマゾヒズムなのだろうか?

ジョルジュ・ベルナノス(一八八八—一九四八)は『ウイーヌ氏』に決着をつけることができず、一時、この作品は未完のまま死後刊行となるのだと思いこんでいた。この小説は一九三一年に書き始められて、脱稿したのは一九四〇年となった。一九三四年、ベルナノスはロベール・ヴァレリー＝ラドー*にこう告白している。「わたしの例の小説は、陰気な公衆便所さながらです。同じ壁に向かって、こんなにわびしい気持ちで小便をしているのにうんざりし始めているのです。はたしていつか終わるのでしょうか？」

だが、実際は、『カルメル会修道女たちの対話』が遺作となる。彼はこの作品を一九四八年に書き上げると同時に、病気で完全に倒れ、その三か月半後に他界する。

「熾天使博士」とも呼ばれたフランチェスコ会派の哲学者である聖ボナヴェントゥーラ（一二二一―一二七四）は、なんと死後も、「回想録」を続けるという前代未聞の特権を授かったのだといわれている。シャトーブリアンはこのことをうらやましがった。「わたしはこのような特別なはからいを期待しているわけではないが、亡霊となっても生き返り、せめて校正刷に直しを入れることを願いたい。」

この妄想ともいえる願いは、『墓の彼方の回想』がもたらす不安が原因となっている。シャトーブリアンが死後の刊行を望んだこの大作は、生前に刊行されかけたことが幾度かある。それは彼をたえず悩ませた金銭問題ゆえであった。彼は一八三四年の二月から三月にかけて、何度か朗読をおこない、これが単行本になった。一八三六年には、『英文学論』にも、『墓の彼方の回想』の抜粋が収められた。なのに彼は、「わたしは棺桶の底から語るほうがいいのだが」とため息をつく始末だ。この同じ年に、彼は『墓の彼方の回想』すべてを、死後（一八四八年）でなければ出版には踏みきらないという約束で、とある合資会社に売却した。それでも、一八四五年には、また朗読会を開いたりしている。『墓の彼方の回想』出版という問題は、一八四四年にいささか不安な展開を見せる。その合資会社が、エミール・ド・ジラルダンの《ラ・プレス》紙に、『墓の彼方の回想』を連載する権利を売ってしまったのだ。自分の『回想』が、「紙くず」同然のものになるのを見させられるのだと思い、シャトーブリアンは「まえがき」に、「自分の墓を抵当に入れることを余儀なくされて、わたしがどれほど苦しい思いをしているのか、だれもわかってくれない」と書くことになる。

作家が長生きするので、出資者たちはじりじりしていた。連載が始まったのは一八四八年一〇月二一日、作者の死はその数か月前の七月四日だった。もう少しで、どうなったことか。

わたしの見るところ、シャトーブリアンの本当の遺作とは、『墓の彼方の回想』という大作ではなくて、『ランセ伝』〔一八四四年〕という、彼のそれまでの創作とは断絶した作品だと思う。

「わたしがランセ神父の物語を書いたのは、わが人生の導師の命令による。セガン神父にしばしばこの仕事のことをいわれていたのだ。本心では、もちろん、こんなことをするのはいやだった」と、彼は書いている。

革命期に宣誓拒否をした元司祭のシャトーブリアンは、セルヴァンドニ通り一六番地*の陋居(ろうきょ)で、いわば贖罪として、この伝記の執筆命令を受けたのだった。「わたしの処女作は、一七九七年、ロンドンで書かれ、最後の作品は一八四四年、パリで書かれた」と本人が述べるとおりで、『ランセ伝』が遺作となるのである。

そのあとに、タキトゥス、ルイ一六世、ナポレオンなどを引き合いに出した、やや大げさな長広舌が続いて、「わたしはこの世でなにをするというのか」と来て、こう締めくくられる。「かつてのわたしは、アメリーの物語*を思い描けばよかったが、いまでは、ランセの物語を描く必要に迫られている。時代が変わり、わたしの天使も変わったのだ。」

にもかかわらず、『ランセ伝』はすばらしい作品であって、「モンバゾン夫人は、永遠の不貞に走っていた」といった、モダンな文体には驚かされる。

ジャン=ジャック・ルソーは、後世の評価にもまして、なによりも自分の原稿が完全であることに気をつかった。敵対する人々を恐れるルソーには、『告白』を生前に刊行する意志はなかったのだが、死後も、自分の評判を落とそうとして、改竄(かいざん)されたテクストが出回るのではないかと危惧していた。そこで、写譜で生活していたルソーは、自分で『告白』の写しを複数作成した。ここでは、アリス・カプランとフィリップ・ルーサンの論文*から引用する。「ルソーは、自分の死後、いいタイミングで出版に着手してくれるような庇護者たちに草稿を委ねることで、『告白』の運命をしっかり守りたかった。そこで一七七四年には、「わが作品のさまざまな再版に関する宣言」を執筆して、『告白』を偽造したり、改竄したりして、歪め、台なしにするような出版をあらかじめ否認したのだった。」

こうした事情もあって、たとえば「プレイヤード版」の編者たちは、ルソーの草稿を詳細に比較・検討する必要に迫られることになる。作品という概念から、テクストという概念へと移行するのだ。かくして、いわゆる「生成学的批評」が誕生する。もはや最後の作品は、作者が望んだ作品ではなくなり、編者が集めた下書きなど、さまざまな素材をも含めた、未刊のテクストの雑多な集成が取って代わったのだ。

自分の死後に、回想録や日記が出版されるような選択をする作家もいるが、それはこうすることで自作が生き続けるというわずかなチャンスを期待してのことだ。しょっちゅう自分の日記のことばかり話している作家を何人も知っているけれど、ぶ厚いページのそのような代物はおもしろいはずもなく、いつか、それを読まされるとしたらたまらないと思った。

ルイ・ギユーは、自分の回想録を武器にするのではなく、むしろ防衛手段にしていた。彼は、たとえばジッドといっしょに行ったソ連旅行に関する質問など、答えたくない場合には、決まって、「そのことは『忘却の草』のためにとってありますので」と答えるのだった。『忘却の草』は、彼が計画していた著作のタイトルなのだが、彼の死後、見つかったのは最初の部分だけであった。

わたしはペテルブルクで、ドストエフスキーが『カラマーゾフの兄弟』を書き上げたという机を見たことがある。第一二巻とエピローグを仕上げているとき、「わたしは机にへばりついて、文字どおり昼夜書いている」と述べている。この小説は一八八〇年の一二月に出版された。ドストエフスキーは続篇を考えてはいたものの、翌年の一月二八日〔これはユリウス暦。現行暦では二月九日〕、彼は世を去った。机と、そのすぐうしろのソファーは一体のものとなっていた。

書くことは、たとえ本人がそんなことはどうでもいいと考えていても、後世の人々という問題をさけては通れない。スタンダールの願いはよく知られている。彼は、一八八〇年とか、一九三五年に宝くじを引き当てる自分を思い描いていた。[*] ロマン・ギャリが、この上なく客観的な口調で、「ぼくは、自分のことを、作品が生き残る人間だと信じているのだが」と語っていたことを思い出す。この結論に達して、それをわたしに打ち明ける前は、ギャリは、それがまるで他人の問題であるかのように、とても誠実にこの問いを発していたという印象を持っていた。もっとも、彼はまちがってはいなかった。ロマン・ギャリの書いたものは、相変わらず読まれ、論じられているではないか。彼は読者にとっても、大学にとっても、生き残ったのである。

サルトルにとっての遺作とは、いま書いている作品であって、その前のものよりも必ず優れていなければいけなかった。「わたしは今日はもっとうまく書けると思うし、明日はものすごくうまく書けると思う。円熟した作家たちは、自分の処女作はあまりに確信を持ってほめられたりすることを好まない。わたしの場合は、もうまちがいなく、この手のほめ言葉が少しもうれしくない人間なのだ。わが最高傑作は、いま書きつつある本のことだ。そのすぐうしろに、最新刊の作品が来るのだけれど、わたしは、じきにその作品にうんざりするに決まっていて、ひそかにその心の準備をしているのである。評論家連中に、その作品を現時点でけなされたなら、わたしもたぶん傷つくだろうが、それが半年後ならば、わたしは彼らと意見を同じくすることにやぶさかではない。ただし、一つだけ条件がある。彼らがその作品を、ひどい出来の駄作だと判断するとしても、わたしとしては、それより前に書いた全作品よりは高く評価してほしいのだ。時系列的な序列が、すなわち、明日はよりよいものを、あさってはもっとよいものを書いて、ついには傑作を書くというチャンスが保持されている唯一の序列が守られるというのなら、わたしはそれ以前の全作品がけなされても、これに同意する。」（『言葉』）

ジャン・ロスタン*も、「作品を出版するやいなや、気がかりは一つのことだけ。その次の作品によって、この作品を消して、忘れさせてしまうことである」と、同様のことを述べている。

「「遺作」ということばに対して、あなたはどのような感情が浮かんできますか？」という問いに、ラテン・アメリカ文学の作家ロベルト・ボラーニョ*は、次のように答えている。「古代ローマの剣闘士のような気持ちでしょうか。無敵の剣闘士です。あるいは少なくとも、あわれな遺作なるものが、自分の勇気をふるい起こそうとして、願うのがこのことなのです。」

わたしのように出版社の文学顧問を仕事としていると、いささか楽しからざるできごとにも遭遇する。自分が癌に冒されていると知っている作家が、原稿を三つ持ち込んできたことがある。わたしが原稿を読み終えると、彼はわたしの目をじっと見ながら、「これは、わたしが死ぬ前に出ますか？　それとも死後でしょうか？　こっちはどうです？　これは？」と聞いたのである。

つまり、どれが彼の遺作となるのかを決めるのが、このわたしの務めなのであった。

一八八八年、ハーマン・メルヴィルはずっと以前から忘れられた存在であった。彼はニューヨーク税関の検査官になっていた。彼の周りでは死神が徘徊していた。息子のマルコムは一八歳で自殺した。メルヴィルは『ビリー・バッド』に着手する。そのおよそ一年後、バルザックの『書簡集』を読んでいた彼は、一八三六年一〇月一日のハンスカ夫人宛の手紙に釘づけになる。「あなたはおそらく、わたしの心がどれほど深い苦しみに沈んでいるのか、人生のただなかで二度目の大きな敗北*を喫して、どれほど陰鬱な気持ちになっているのか、ご存じなかったのです。……あらゆる希望から引きずり下ろされて、すべてを放棄して……この結果を受けてわたしは、わたしの作品を買ってくれる人間がフランスにはいないという確信を持ちました。」

メルヴィルは『ビリー・バッド』を書き終えたばかりの一八九一年に死去する。だが、ジャン＝ジャック・マユーによれば、「この作品は原稿のままで、一九二四年になるまで見向きもされず、忘れられていた*」のである。

ヴィエイユ＝ランテルヌ通り*の鉄柵で首を吊った、あの寒々しい冬の夜、ネルヴァルは進行中の作品について、どのように考えていたのだろうか？　ポケットからは、何枚かの紙葉が見つかったのだ。

もう一度カフカから引用して、締めくくりとすることもできるかもしれない。「それでも、ぼくはもうすぐ死ぬのです。ちょうど、わが終楽章を歌っているところ。一つの歌のほうは長くて、もう一つは短いものです。けれどもその違いは、ごくわずかなことばの差異にあるだけです。」

だが、ここではやはり、ジョゼフ・コンラッドに最後のことばを託すことにしたい。「わたしは間一髪で、最後のことばをいうのに間に合ったのだが、恥ずかしいことに、なにもいうことがなさそうだとわかったのである。」〔『闇の奥』一九〇二年〕

【訳注】

149頁 **お涙頂戴の映画**　グルニエは、この映画をノベライズしている。邦訳は、「訳者あとがき」を参照。

149頁 **クロード・ロワは〜物語っている**　Claude Roy, *L'Ami qui venait de l'an mil*, Gallimard, 1994.

149頁 **辞世の句**　七言絶句のところは、小川環樹訳、『筑摩世界文学大系8 唐宋詩集』筑摩書房、一九七五年、による。

150頁 **というのも〜だろうから**　Claude Roy, *Poèmes à pas de loup*, Gallimard, 1997. この詩集を出した年に、クロード・ロワは世を去る。

151頁 **ポール・ムーリス**　小説家・劇作家(一八一八―一九〇五)。ユゴーの親しい友人。

152頁 **イダ・ルビンシュタイン**　ロシア出身で、フランスで活動したバレリーナ・俳優(一八八五―一九六〇)。パトロンとして、ラヴェル「ボレロ」、オネゲル「火刑台のジャンヌ・ダルク」(台本はクローデル)などの誕生に寄与している。

152頁 **アンドレ・バルサク**　ロシア出身の演出家(一九〇九―一九七三)。

152頁 **ウージェーヌ・ダビ**　作家(一八九八―一九三六)。小説『北ホテル』(一九二九年)で名高い。ジッドなどとソビエト連邦を訪問中に客死した。

153頁 **ロジェ・ヴリニー**　作家(一九二〇―一九九七)。『ムージャンの夜』でフェミナ賞。

154頁 **マルク・ベルナール**　作家(一九〇〇―一九八三)。『子供のように』でゴンクール賞。

154頁 **『巨匠とマルガリータ』**　死後の一九六七年、パリで出版された。

155頁 **『哲学探究』**　二人の弟子がまとめて、一九五三年に出版。

156頁 **『ローラのオリジナル』の仏訳が出版された**　英語版の原典は二〇〇九年に出されている。邦訳は、若島正訳、作品社、二〇一一年。

159頁 **ロベール・ヴァレリー＝ラドー**　ベルナノスの親友のジャーナリスト(一八八五―一九七〇)。

160頁 **セルヴァンドニ通り**　パリ六区、サン＝シュルピス教会の南側。ロラン・バルトがこの通りに住んでいたことで知られる。

161頁 **アメリーの物語**　小説『ルネ』(一八〇二年)のこと。

161頁　**アリス・カプランとフィリップ・ルーサンの論文**　*Yale French Studies*, 89(1996)に所収。

163頁　**自分を思い描いていた**　「わたしは紙幣を一枚、宝くじに賭けるのだが、その一等賞とは、つまるところ、一九三五年に読まれることである」、『アンリ・ブリュラールの生涯』第一三章。同書では、未来の読者の象徴として、「一八八〇年(の読者)」とともに、しばしば出てくる。

164頁　**ジャン・ロスタン**　生物学者・エッセイスト(一八九四―一九七七)。

164頁　**ロベルト・ボラーニョ**　チリの作家(一九五三―二〇〇三)。『通話』『はるかな星』など。

165頁　**二度目の大きな敗北**　起業したものの、印刷、出版、活字鋳造のすべてに失敗して、一八二八年に事業を清算したのが一度目の敗北。「二度目の敗北」とは、この年に出版した『谷間の百合』があまり売れず(一二〇〇部のうち一二〇〇部しか捌けなかったという)、皮肉なことにベルギー製の海賊版は三〇〇〇部も売れたという事実をいう。

165頁　**この作品は～忘れられていた**　J.-J. Mayoux, *Melville*, Le Seuil, 1958.

165頁　**ヴィエイユ＝ランテルヌ通り**　現存せず。シャトレ広場のあたりである。

愛されるために

書くこと(エクリチュール)は、ひとつの生きる理由なのだろうか？　書くことの欲求だけを話題にして、小さな声で控えめに、この問題にアプローチするほうが、どうも得策だと思われる。それにしても、この欲求はいかにして訪れ、いかにして根づくのだろうか？

次のような事実がある。われわれの教育、われわれの文明というもの——少なくとも何年か前までそうであったところのもの、つまり、崩壊とまではいわなくても、激しい変化をこうむる前の、教育や文明——は、文学や作家に対して特権的な価値を与えていた。したがって、子供たちは——彼らは模倣する存在なのだから——、学校の教科書で読んでいるような詩を書くことをあたりまえだと思っている。サルトルはこうした状況について、『文学とは何か』〔一九四八年〕でこう述べた。「われわれは、最初の小説を書き始めるずっと前に、文学を用いていたのであって、樹木が庭で大きくなるように、文明化した社会では、本がぐんぐん成長するのは当然だと、われわれには思えたのだ。ラシーヌやヴェルレーヌを愛しすぎたせいで、われわれは一四歳のとき、夜の勉強のさなかや、リセの広い校庭で、自分のうちに作家という天職を見出すことになったのだ。」

マルローは『はかない人間と文学』〔一九七七年、遺著〕で、蔵書なしの小説家はいないと断言している。他人が、自分より前に書いたことが浸透していなければ、書けるものではないし、どの作品も、それに先行する作家たちのことを考えに入れていて、いってみれば、その続きなのだと、彼はいいたいのだ。

ヴァレリー・ラルボーはこれをもっと推し進めて、「ある作家の伝記の本質は、その作家が読んだ本のリストで成り立つ」〔ジャン・ポーラン宛書簡、一九三〇年九月二日〕と述べている。だとすると、画家の伝記は、彼が見たタブローのリストで成り立つことになる。

フランスの作家は、自分のことをつねに創造者としてではなく、継承者として見ている。いっぽう他の国々、たとえばアメリカ合衆国においては、クリエイトする気持ちが支配している。

われわれのなかに、自己表現したいというもやもやしたものがあるとしても、われわれはひとつのフォルムをというか、要するに、ひとつのモデルを見つけなくてはならない。

カミュがデビュー時代について語ったことがある。リセで彼は古典の名作を学んだ。彼にはまた、一風変わった伯父がいて、職業は肉屋なのだけれど、とても教養があって、彼にジッドを読ませたりした。こうしたことは青年期の若者には興味深く、すばらしいことだと思われるのだが、カミュにはぴんと来なかった。彼に真に関わってくるようなことではなかったのだ。それから、ある日、カミュはアンドレ・ド・リショー〔一九〇七―一九六八〕の『苦痛』〔一九三〇年〕という小説にばったり遭遇したのだった。カミュはこう述べる。
「アンドレ・ド・リショーのことは知らなかった。だが、彼のすばらしい著書のことは一度も忘れたことがない。母親、貧困、美しい夕空など、わたしが知っていることについて、最初に話してくれた本だった。それはわたしの心の奥底にある漠然とした束縛を解き放ち、わたしが感じていた名状しがたい制約からわたしを解放してくれた。例によってこの本も一晩で読み終えたのだが、目覚めると、なにやら奇妙にして、これまで経験したことのないような自由が備わっていて、わたしは未知の大地を、おぼつかない足どりで進み始めた。わたしは、たった今、書物というものが、ただ単にうさばらしや気分転換をもたらすだけではないことを学んだのだった。わたしの頑固なまでの沈黙、漠然としした、この上ない苦悩、わたしを取り囲む世界、わたしの身内の人々の気品とその悲惨さ、そしてわたしの秘密、こういったものすべてを表現できるではないか！　そこには救いが、真実があって、たとえば貧困が、突然にして、その本当の顔を、わたしがおぼろげながら予測し、畏敬していたところの顔を見せたのだった。こうして『苦痛』は、創造の世界をわたしに垣間見させてくれたのである。」〔「ジッドとの出会い」〕
わたしとしては、『苦痛』が名作ではないとまではいわない。けれども重要なのは、この小説が若い読者に語りかけたということだ。作家という天職への引き金となるには、別にその小説が傑作である必要などないのである。

「文学好き」

わたしの場合、小中学生とか高校生の頃には、ほとんどなにも書いてはいない。それに、わたしに書きたいという気持ちを起こさせたような本の記憶もない。おまけに、フランス語も大して上手ではなかった。得意なのはラテン語だった。ところが家族や周囲の人たちは、わたしを文学好きの人間だと決めつけた。なにもしなくても、その種のレッテルを貼られることが、人間よくあるものだけれど、これはおかしなことだ。たぶん、わたしが大変な読書家であったからだと思う。いつもカーペットの上に腹ばいになって本を読みふけっているわたしのことを心配した母が、わたしをボルドーに連れて行って、医学の偉い教授に診てもらった話は、書いたことがある(われわれ家族はポーに住んでいたから、ボルドーが中心地なのであった)。彼女は、こんなに本ばかり読んでいると、頭のなかのどこかの歯車が狂ってしまうのではないかと心配したのだ。結局どうなったかといえば、教授は大笑いしていたものの、母の不安は杞憂というわけでもなかったのである。騎士道物語を読みすぎたドン・キホーテがどうなったかは、よく知られているけれど、わたしにもドン・キホーテもどきの評判がつきまとった。なにかしら書くことがあると、みんな、わたしに持ちこんできた。たとえば、両親がポーで買いとった、あのみじめな映画館*のプログラムもそうだ。クレルモン＝フェランの学生新聞でもそうだった。一九四〇年、兵士としてマルセーユに配置転換させられた頃は、たまたま代書屋のようなことをするようになって、マルセーユの旧港に面したカフェで、娼婦たちに代わって手紙を書いたものだ。人は好いのだけれども、ものすごく感傷的なところがある曹長殿に頼まれて、《マリー・クレール》誌の身の上相談欄に恋する男の悩みを書いたこともある。「妻と娘が占領地区に残されていました。そこで、わたしは、二人を呼び寄せるために、屈辱的なものも含めて、いくつかの働きかけをおこない、それがうまく行きました。現在、二人はここにいますが、わたしは自由を失いました。いったい、どうすればいいのでしょうか？」パリ解放の翌日には、「レジスタンスから生まれた」と称されるところの、いくつかの小新聞社に派遣された。こうして、わたしはジャーナリストになった。結局のところ、いつだってわたしは書記なのだった。

　やがて、気がつくとわたしは《コンバ》紙にいた。わが天職を目覚めさせるのに、これほど適したところはなかった。《コンバ》紙では、だれもがかつて書いていたし、いまも書いているし、やがては著書を書くつもりだった。この日刊紙は、ほとんど《N・R・F》*の支店みたいなものだった。編集長はアルベール・カミュだった。もっと象徴的だったのは、社長がパスカル・ピア、つまり上質の作家であったことだ。というのも、ピアは、天才といっても過言ではない才能に加えて、発表を拒否して、沈黙を選ぶという最高の能力を備えていたからだ。

　こうして、はたして、このわたしに十人並みの能力があるか否かの試金石として、数多くの裁判を傍聴させられることになり、わたしは司法機構の働きに関する論考を執筆し、その一部をサルトルとメルロー＝ポンティが雑誌《レ・タン・モデルヌ》に掲載、この論考はカミュがやっていた「希望（エスポワール）」叢書〔ガリマール社〕として刊行された。この「希望（エスポワール）」という叢書名が、われわれのあいだではよく冗談の種となった。なぜなら、このシリーズの最初が、ヴィオレット・ルデュックの『窒息』で、コレット・オードリー『負けを覚悟で勝負する』、ジャック＝ローラン・ボスト『最低の職業』、ジャン・ダニエル『あやまち』、エミール・シモン『悲劇的形而上学』、そしてわたしの『被告の役割』〔一九四九年〕と続いたからだ。

『被告の役割』の原稿を受け取ると、カミュは当時よく行われていた方式の契約書を、わたしに渡した。一〇点の著作に対する契約であった。持参した原稿を加えれば、一一点ということになる。わたしは金輪際、著書など書かないだろうと確信していたから、苦笑いを浮かべながら契約書に署名した。しかしながら、その後、ライバル意識もあって、はたして自分に小説が書けるかどうかたしかめるために、ある小説を書いた。それから短篇をあれこれ書くようになった。書くことは、中毒とはいわないまでも習慣に変わった。でも、書くという癖に日々はまりこんで、現在では、これ以外のいかなる活動も娯楽も味わうことができない。その結果、書いていないときには、なんだかやましい気持ちになってしまう。書くこととは、ひとつの生きる理由なのだろうか？　それがうまく行かなくなって、ほかになにも残っていないときには、そういえるのかもしれない。でも、わたしとしては、エクリチュールが一つの生き方になったのだといいたい。その道の果てまで行けば、書いていようと、書かないでいようと、結果は同じだと考えることもできる。いってみれば、これはわたしが手に入れたパスカル的な意味での気晴らしなのであって、このことに対して、わたしはそれ相応の重要さしか与えてはいない。

チェーホフの『かもめ』で、流行作家トリゴーリンは、こう嘆いてみせる。「ひとつの物語が終わると、どういうわけか、また次のを書き始めないといけなくなってしまう。そして、三つ目、四つ目と、次々に。なんだか、駅馬車を乗り継いでいるみたいで、休みなしに書くわけです。ほかにどうしようもないのです。」

書く欲求

ガリマール社のような出版社には、毎年一万近い原稿が届く。いかに多くの人が、書きたいという欲求を感じているかを物語っている。では、彼らはどういう理由で書きたいのか？　わたしはすでにその理由を述べたわけだが、これが的確かといわれると、まったく自信がない。若きルイ・アラゴン、アンドレ・ブルトン、フィリップ・スーポーは、彼らが《文学》と反語的に命名した雑誌で、一九二一年に、「なぜ、あなたは書くのか？」というアンケートを実施した。その回答には挑発的なものもあれば、月並みなもの、意味のないものもある。

また、J＝B・ポンタリスは雑誌《文学的瞬間》での対談で、「フロイトにしたがうならば、愛されるため、モーパッサンにしたがうならば、女性にもてるために、……ヴァレリーならば、弱さゆえにということです。でも、どれもあまり信じられません。サミュエル・ベケットによる「それしか能がない」という決定的な回答もありますよ」と、模範的な受け答えをしている。

モンテーニュは、彼を書くことへと導いたのは孤独であると述べている。「わたしは数年前に、孤独な悲しみのなかに身を投じてしまいまして、そのせいで憂鬱な気分に、つまりは、わたしの生来の気質とはまったく相容れない気分におそわれることになりました。そもそもは、この憂鬱な気分が、わたしに、なにか書いてみたらどうかという妄想を起こさせたのです。*」

ロラン・ガスパール*は、「もっと楽に息ができるようになるから、最初は自分自身のために書く人々がいるらしい」(『パロールへの接近』二〇〇四年)と述べている。

カフカもまた、書くことに関して、ほとんど生理的な欲求をいだいていた。「文学的創造に対するわたしの生来の傾向が、もっとも生産的なのだということが、わたしの体内で明白になったとき、すべてがこの方向に殺到して、わが才能のうちで、性的な快楽、飲み食いの快楽、哲学的考察という快楽、そしてなによりも、音楽の快楽へと向かっていたものを、すべて手持ちぶさたにしてしまった。わたしはそうした方面において、やせ細った。」(『日記』一九一二年一月三日)

フォークナーにとって書くことは、説明がつかず、議論しようのない必要性として立ち現れる。「まず第一に、作家は書くというデーモンに駆り立てられるのだ。作家は、書くことを強いられるようでないといけない。理由がわからなくて、ときとして、そのような義務など願い下げだと思っても、そのことを強いられるのだ。*」

このフォークナーはインタビューが大嫌いであったのだが、あるジャーナリストにこう答えている。「いやあ、のべつまくなしに飲んだり、食べたり、セックスしたりできやしないだろ。ならば、ほかになにをすればいいんだい?」

サルトルは、「わたしは書かないといけない。もうこれ以上書かないというために、書くのだ」(『言葉』)と述べる。

ルイ・ギユーは、「われわれはみんな、われわれの監獄の壁に書く」と述べていた。言い換えるならば、人間というものはだれしも、孤独のなかに閉じ込められているのだ。書くことが、唯一の逃避・逃亡なのである。むろん、孤独になりたいという欲望によって、紙を前にして、自己と同席することを享受すべく書くということもありうる。とはいえ、非常に孤独であるから書くということのほうが多い。

模倣によって書く人々もいる。証言をもたらしたいと思って書く人々もいる。なにかを伝える必要を感じている人々もいる。真実や、自分たちにとっての真実を表明する必要がある人々もいれば、嘘をでっちあげる必要がある人々だっている。トランス状態の霊媒のように書く連中もいる。『自己の人生』で、女性精神分析学者のマリオン・ミルナー*は、幸福の到来をつかさどる諸条件に関する規則を発見できるかどうかを知るために、自分の人生を書いてみたと、やや無邪気な言い方をしている。

ノーベル文学賞を受賞したオルハン・パムク(一九五二—)は、二〇〇六年のストックホルムでの受賞スピーチで、この問題をひとわたり検討してこう語った。「わたしはそうしたいから書くのです。他の人々のようにふつうの仕事ができないから、書くのです。わたしの作品のようなものが書かれて、それらを自分で読むために書くのです。みなさん全員に、だれにも腹を立てているから、書くのです。日がな一日、仕事部屋にこもっているのが好きだから、書くのです。現実というものを手直しすることなしに、現実に耐えることができないから、書くのです。トルコのイスタンブルで、わたしも含めて、われわれがどのような人生を生きてきたのかを、全世界に知ってもらうために書くのです。紙とインクの匂いが好きだから、書くのです。なによりも文学を、小説という芸術を信じているから、書くのです。それが習慣にして情熱であるから、書くのです。忘れられるのがこわいから、書くのです。名声を博し、それによって関心を呼ぶのが好きだから、書くのです。孤独になるために書くのです……。」〔『父のトランク――ノーベル文学賞受賞講演』〕

もちろん、書くことの必要に反抗するとしたら、あの短気なトーマス・ベルンハルト*にとどめをさす。一九六二年、*彼は『霜』を発表したところだった。好評から悪評まで批評が雨あられと降り注ぎ、彼はもうがまんできなかった。「わたしは、すべての希望を文学に託したというあやまちが、わたしを窒息させることになるのだと確信した。文学の話など聞きたくもなかった。文学はわたしを幸福にするどころか、そこから逃れがたい、窒息しそうな泥沼の底に投げ込んだのだ……」〔『私のもらった文学賞』〕

そこですぐさま、彼はウィーンでビールの配送運転手として雇われるのだった。その憤りがユーモアを増幅させたトーマス・ベルンハルトというかけがえのない作家。

ジャン・ポーラン〔一八八四―一九六八〕は、「自分を司祭だと信じている作家もいれば、政治家はたまた将軍だと信じている作家もいる」と述べる。実際、時には、ひとつの著作が世界の流れを変えることも起こっている。プリーモ・レーヴィ〔一九一九―一九八七〕は、『わが闘争』を書くだけでは満足せず、言語を越えて、著書で計画したように世界そのものを作り替えようと望んだヒトラーを例に挙げている。しかしながらヒトラーは、世界を破壊しただけだった。

この問題について、わたしはやや違う思いをいだいている。あれこれ動き回り、歴史に足跡を残した偉大な政治家なる存在は、なり損ないの文学者なのだ。たとえば、『ボーケールの晩餐』の作者〔ナポレオンのこと〕とか、『敵方の反目』の作者〔シャルル・ド・ゴールのこと〕がそうだ。

ダニエル・ペナック*の言い方を借りるならば、書くために書くのではなくて、書いたという事実のために書くという人間がいるのだ。作家というステイタスを獲得すべく、ゴーストライターを使うという奇妙なふるまいも、このことから説明がつく。それゆえに、政治や学問やビジネスで大きな成功を収めた人々は、小説家という、もうひとつの聖別を手にしようとして必死になるのだ。文学の価値が下がっているとかなんとかいってもむだで、彼らにとって文学は依然として至高の価値を備えているのである。

先ほども引用した『かもめ』では、ある登場人物がこう告白する。「結局のところ、しがない作家であるとしても、きっと不愉快なものではないわけなのですよ。」

ルーマニア出身のさすらい人で、フランス語で作品を書いて、大戦間にかなりの人気を博したパナイト・イストラティ*は、賞賛するしかない見解の持ち主だった。彼は、自分には書くべき書物が一定数残っていると考えていた。そして、それらを書き上げてしまったら、また放浪者に戻ることを予定していたのだ。「こうすれば、わたしは自分で最良の実例を提供できる。自分が持っている最高のものから解放されて、しかも、この解放感を、習慣や仕事にしなくていいのだから。」

しかしながら、一九三五年、病気のため五〇歳で早すぎる死を迎えたことによって、彼がこのすばらしい計画を遂行できたかどうか、われわれには知るすべがなくなってしまったのである。

宗教の代わりに

自分にとっては、書くことが唯一重要なことだという理由で執筆する人々が存在する。たとえば、ヘンリー・ジェイムズがそうだ。このヘンリー・ジェイムズについて、スコット・フィッツジェラルドは、ジェイムズはその時代のもっとも偉大な作家なのだから、その時代のもっとも偉大な人間なのだと考えていた(フィッツジェラルドは、こういう言い方を、フォード・マドックス・フォード*の著書で見つけていた)。フィッツジェラルド自身、晩年になって、世間から忘却され、もはやなにも書けなくなっても、「わたしはスコット・フィッツジェラルド、作家だ」という言い方で、かならず自己紹介するのだった。

ロベルト・ムージルは、「わたしは帝国を支配するよりも、本を書くほうが重要だと思っている。また、より困難だとも考えている」(「自伝のための草案」)と力強く述べている。

ピエール・ルイス(一八七〇—一九二五)は文学をとても高尚なものと位置づけていたので、自分が注文で本を書いてしまったとか、ましてや、金銭のために書いてしまったなどと考えるだけで、ぞっとしていた。こうした考えが、結局は彼を文学的に無能力な存在にした。女性が大好きだった彼が、彼女たちを見捨てて、隠遁生活に入った。そして読書したり、研究したり、なにかを書こうと試みたりして夜を過ごしながら、悲惨さのなかに沈潜していく。女たちはどうかといえば、連れ合いのルイーズは彼と離婚、彼が大いに愛したマリー・ド・レニエ(ルイーズの姉妹)*も、あの抗しがたい魅力を放つベルベル人女性ゾフラ・ベン・ブラヒムも、ルイスにとっては文学が本当の伴侶になったことなど理解できなかった。

ジャン・ポーランはもっと極端なことを述べている。「わたしは文学について、どのように考えるか?　ほぼ次のようなことになる。われわれは本質的なことを知るために、われわれを救済するために生きている。そして宗教がないならば、わたしの観点からすると、文学が残った唯一の道なのだ(むろん、詳しい説明がたっぷり必要ではあろうが)。」

キャサリン・マンスフィールドも同様の意見だ。「文学は宗教の代わりなのだ。なぜなら、文学はわたしの宗教なのだから。伴侶の代わりだ。わたしは何人もの伴侶を創造するのだから。人生の代わりだ。なぜなら文学こそが「人生」なのだから。わたしは自分の仕事の前にひざまずき、ひれ伏して、創造という観念の前で、いつまでも恍惚としていたい気持ちだ。」

次のように書くとき、ジョゼフ・コンラッドも、同じような感情を共有している。「わたしは自分が書いたどのページに対しても、敬意を欠かしたくはない。」

そしてサルトルも『言葉』で、彼らに応答するかのごとく、こう述べる。「わたしは自分の宗教をすでに見つけていた。書物よりも大切なものはなにもないように、わたしには思われたのだ。書棚に、わたしは一個の神殿を見ていたのだった。」

ロマン派以前に、ヴィクトル・ユゴーはすでに、自分を司祭として見ていた。またマラルメは、「この世界は、一冊の美しい書物に到達するべく作られている」(「文学の進展について」へのインタビュー、一八九一年)と宣言している。

ロジェ・ヴリニーは、書くことをしない他の人々は、どうして生きられるのかと、こう述べる。「わたしは、彼らは生きていないのだと、ほとんど信じかけた。もしもだれかに「神は存在しない。だから世界はすっかり小さくなった」といわれたときに感じるめまいと同じだ。書くことは、神なのだった。いまや、文学は実在せず、大地は石ころのように小さくなってしまった。」(『書く必要』一九九〇年)

文学と宗教の関係は確かなものだ。なぜならば、多くの人間が文学のうちにひとつの創造を、つまり、ひとつの生き方を、ひとつの永遠の約束を見ているのだから。とはいえ、生き延びる希望を文学のうちに託すのは、宗教に頼るのと同じく、危険な賭だとも思われる。人々の記憶に、人々の心のなかに残り続ける若干の作家がいる一方で、いかに多くの作家が、まるで一行も書いたことがなかったかのように消え去っていくことか! でも、これは当然の成り行きなのだ。紙はこうして無に帰するのである。現在では、忘却のスピードがどんどん速まっている。かつては、死後の作家は煉獄にとどまるともいわれていた。煉獄は、忘却を、つかの間の愛想づかしを意味すると同時に、いつの日か暗闇から抜け出す希望をも意味していた。ところが現在では、もはや、そんな希望が叶うことはごく稀になった。

にもかかわらず、ある種の作家たちにとっては、自分の死後、雪辱の機会が与えられると考えることが、慰めになっている。筆力が尽きてしまったスコット・フィッツジェラルドは、その死によって未完のままとなった『ラスト・タイクーン』のためのメモをとっているときに、こう書いている。「ぼくは、アーネスト〔・ヘミングウェイ〕のように、同時代の人間に理解してもらうことなどめざしてはいない。アーネストのことをガートルード・スタインは「博物館行きの人よ」といっていたじゃないか。ぼくは、調子がよければ、ちょっとした不滅の存在に値するほど、自分が彼よりも先まで行くと確信している。」

はかなく終わった作家人生において、アルベルティーヌ・サラザン*の主たる動機は、自分が死んでも、人々は相変わらずわたしの著書を求めて本屋に来るだろうからというものだった。彼女は若くして死んだわけだが、今日、本屋の扉をあけて、『牝馬』とか『距骨（きょこつ）』を買いに来る人などいない。完全に死んでしまうという、ありきたりの運命をたどった、あわれなアルベルティーヌよ。

作品というのは、生き残ることをほとんど、あるいは全然保証されていないのだから、書いても書かなくても大差ないと思わざるをえないことになる。とはいえ人は、人生で好きなことをすることはできる。なにしろ、結局のところは、だれでも例外なしに、同じ無のなかに落ちていくのだから。カミュは、「創造してもしなくても、何も変わりはしない。不条理な創造者は、自作に執着しない。それを放棄することもありうるし、実際、そうしたことがままある。アビシニア〔エチオピアの古称〕があれば十分だとして」(『シーシュポスの神話』)と書いていた。

アビシニアといえば、もちろんランボーのことを連想するものの、わたしが思うに、カミュは、わたしも知っていて、われわれが愛していたひとりの男を念頭に置いていたのだ。そのパスカル・ピアは、沈黙を選択していた。けれども、彼が書くことを拒み、というか、少なくとも出版を拒んだとしても、それでも彼にとって文学とは、生への愛着をもたらすものだった。ピアにとっては、友人フェルナン・フルーレの詩の一節を口ずさむことで十分だったのであり、彼は中世の詩人リュトブフさながら、「これがぼくのお祭りさ」といっていた。

書くことへと駆り立てられる人々のなかには、人生が満足を与えてくれないのでという男女がたくさんいる。その悩み、悲しみを、インク壺のなかに埋没させるという次第だ。文学が、代償行為となっている。パヴェーゼも、「文学とは、人生の攻撃に対する防御」(『生きるという仕事——日記(一九三五—一九五〇)』)と述べている。

書くことは、その他のことも慰めてくれる。その他のことはなにか？　その他のことというしかない。

フロイトもまた、文学にとどまらず、一般に芸術というものは代償行為だと考えている。これは現実のうちに満足を探し求めることを断念した欲望の表現である。芸術とは、その芸術家に到達不可能な現実の対象の代わりに、見せかけの対象を置き換えるものということになる。

オーストリア皇后エリーザベト、愛称シシー(一八三七—一八九八)は、物悲しさを引きずって世界のあちらこちらへ赴くだけでは満足しなかった。シシーが自分の夢に近づいた唯一の瞬間とは、ハイネをまねた詩を書いているときだった。ひどい出来ばえではあったが、そんなことは問題ではない。これらの詩のなかでこそ、彼女は本当に自分自身に、すっかり取り乱して、決して安らぎを見出すことのできないカモメになれたのだ。

カミュの断言には反するものの、書くことが、不条理を救済することもある。若い頃のフロベールは、当時の多くの若者と同じく、はなはだしくロマンチックだった。ブルジョワ王制下では、青年期に達するのもむずかしい。フロベールは二人の仲間の事例を挙げている。存在に対する嫌悪感から、一人はピストルで頭を撃ち抜き、もう一人はネクタイで首を吊ったという。フロベールも彼らに劣らず絶望してはいたが、自殺することはなかった。書いたのである。人生への嫌悪感を、世間や人間に対する嫌悪を、紙に向かって打ち明けたのだ。

ムージルの小説の主人公のように、作家が「真価を認められないことの苦悩と歓呼」とを味わうことはよくある。そこで作家は、自分の姿に合わせて登場人物を造型し、負けた人間や、悩み苦しむ人間が慰めを見出す世界を創造する。そこでは、みんなに愚弄されるワーニャ伯父さんたちが、われわれの心をつかむことになる。

そこで、疑問がわいてくる。だれかが書くというのは、精神的に不安定で、おかしいということではないのかと。これに対しては、人間はだれでも多かれ少なかれ異常なのだといわせてもらおう。クロード・ロワが、こう指摘している。「文学はギリシアでホメロスから始まったが、彼は盲人だった。

中国では屈原〔前三四三頃―前二七七頃〕により始まったが、彼は自殺したことからして、やや神経症であったにちがいない。また、最初の非常に偉大なるラテン詩人のルクレティウスは、キルケゴール〔一八一三―一八五五〕と同じく不安にさいなまれていたのだし、この崇高なる無力者キルケゴールは、レオパルディ〔一七九八―一八三七〕並みに陰気な男であって、レオパルディという驚くべき猫背男は、ボードレールという全身麻痺の天才と同じく絶望した男だった。」

内なる読者

作家にとってのパラドックスは、孤独の奥底にありながらも、読者公衆を想像しないと仕事にならないということだ。この読者が内容のみならず、形式にも影響を及ぼす。サルトルはこのことを、『文学とはなにか』で説明している。「読者や神話なしに書くことはできない。歴史的状況が作りだした読者公衆なしには、そしてまた、この読者公衆の要求に、かなりの程度依存している、ある種の文学的神話なしには。」

ポール・ヴァレリーは、もっと皮肉だ。「あなたはだれを楽しませたいのか？　だれを誘惑し、だれに匹敵し、だれを妬みで狂わせ、だれの頭を考え込ませ、どの夜につきまといたいのか？　著者殿よ、いってくれ、あなたが奉仕するのは、マモン、デモス、カエサル、はたまた神なのか？　たぶんウェヌス、いや少しずつ全部に奉仕するのでは？」〔『カイエ』〕

ヴァレリー自身は、「だれであれ作家が、わたしのことになど介入してほしくない」〔同前〕ときっぱりいって、文学的な誘惑には抵抗している。

少なくともいえるのは、想像上の理想の読者のため、自分の分身のため、ミシェル・ド・ミュザン*が「内なる読者」と呼んだ存在のために書くということだ。

愛されるために

ロラン・バルトは、作家という存在が一八五〇年前後から、普遍的なものごとの証人であることをやめて、一個の不幸な意識になったと考える。そして、「愛されるために書く」ようになったと述べてから、「愛されるはずがないのに、読まれるのだ」と付け加えた。

愛されるために、これは正確には、あなたに対して愛や代償を拒んだ人間から愛されるためにということだ。『われわれに帰すること』〔一九八〇年〕と題したエッセイで、ジャン・ルード*は、ボードレールやカフカについての次のような観点を確認している。「作者と、その周りの存在とを結びつけている関係を明らかにすべく運命づけられている、作品なるものは、この真実そのものにより非難される。揺れ動く文章を絶対にわかろうとしない唯一の人間はといえば、その文章が指向している当の人物なのである。そこでボードレールは、〔再婚して〕オーピック夫人となった母親を納得させようと努めたのだし、カフカは、母親が自分について「まちがった、幼稚な」イメージをいだいていることで苦しんだのだった。カフカは、家族との関係をはっきりさせ、書くことという孤独な努力を認知させることを期待して、父親に手紙を書いたのだが、この手紙は相手に届くことはなかった。カフカは自作を両親に朗読したりもしたが、結果はいつも失敗に終わった。父親は、「いつだって、この上ない嫌悪感でもって、ぼくの朗読を聞くのだ」。」

チェーホフの『かもめ』においては、非常にうぬぼれの強い女優アルカージナの息子が、母親に認められたいという一心で作家になるのだが、母親のほうは、「それがですね、息子の書いたものはまだなにも読んだことがないのですのよ。忙しくて時間がありませんの」と、途方もなく残酷なせりふを吐くのであった。

公刊すること

書くことを、ひとまずは生きる理由だと認めることにしよう。だが、あなたが書いたこと、あなたの知性や感性、あなたの芸術的趣味も、だれか他人が、この場合だと編集者が出版に値すると考えないかぎり、それらは存在せず、実体を見出せないことになるだろう。毎年のように、何千という原稿がボツになっていることを考えるならば、出版されることはむしろ例外なのだ。原稿の大部分は、決まり文句を添えて突き返される。その決まり文句は、その昔の流行歌さながらに、男性版と女性版がちゃんとコンピューターのなかに用意されている。矢継ぎ早に原稿が送られてくるのだから、まず、これ以外に方法はない。とはいえ、それらの原稿には敬意を払う必要がある。というのも、その出来が良かろうと悪かろうと、作者にとっては、当然、大変な努力を払い、感情を注ぎ込んだ作品ということには変わりないのだから。

作品を出版したことのある作家に、話を限定しよう。わたしは、次のようなとんだ災難に見舞われた作家を何人も知っている。一度も当たったことはないものの、彼らの作品は出版されて、書物という形になり、なにがしかの批評の対象となり、ある程度の読者も存在した。ところがある日、編集者にこういわれるのだ。「やはり、あなたには進歩が見られないのですよ。最初は、あなたに賭けたわけですが、もう無理ですね。終わりです。」これではまるで、あとは死ぬしかないとでもいわんばかりだ。あるいは、もはやセックスもできませんよとでもいうのか。

だが、出版することの必要性に憤慨したフロベールの呪詛のことばを読むと、右のことがらについて懐疑的にもなる。一八五九年一月一一日、彼が友人エルネスト・フェドーに宛てた書簡である。「きみを見ていると、なんだか活字のにおいがぷんぷんし始めたみたいで、ぼくはうれしいよ。印刷なるものは、ぼくの考えでは、人類によるもっとも不愉快な発明のひとつなんだ。ぼくは三五歳までは、このことに抵抗していた。一一歳のときから、書きなぐってきていたのに。一冊の本とは、本質として有機的なもので、ぼくたちの一部なんだよ。ぼくたちはだね、腹のなかから少しばかりの臓物を引っぱり出して、これをブルジョワにふるまっているんだ。ぼくたちが書いた文字のなかには、ぼくたちの心のしずくを見ることができる。ところが、いったん印刷されてしまうと、さよならだ。それは世間に所属してしまうのだから、まったく！　群衆がぼくたちを踏みつけていくんだ。そんなの、これ以上はない、もっとも下劣な売淫じゃないか！　なのに、すばらしいとかいって、受け入れられて、自分の尻を一〇フランで貸すだなんて、破廉恥だ。勝手にしやがれだ。」

同じくエルネスト・フェドーに、一八五九年五月一五日、フロベールはさらにこう書いている。「文学者が、自作が出版されて、成否を賭けられ、知られて、ほめそやされるのを、じりじりしながら待っていると、ぼくなんかは気が狂うほど感嘆してしまう。作家の仕事なんて、ドミノ・ゲームや政治と同じようなものに思えてね。」

フロベールは、一八六二年一月二日にも、フェドーにこう打ち明ける。「活字印刷がもう臭くてたまらないので、相も変わらず、その前で尻込みしてしまう。ぼくは『ボヴァリー夫人』も書き終えてから半年は寝かせておいたし、勝訴したときだって、母親とブイエ〔親しい友人〕がいなければ、そのままで、単行本にはしなかったと思う。ひとつの作品が終わると、別の作品を書くことを考えないといけなくなる。書き終えたばかりの作品はといえば、ぼくにはすっかり関心のないものになってしまって、それを読者公衆に見せるのは、愚かさからか、あるいは、「出版しなければ」という紋切り型の考えのおかげに決まっていて、そんなものには、ぼくはまったく必要を感じないんだ。でも、気取りやがってと思われるのもいやなので、この点について、自分で思っていることを全部はいわないようにしている。」

ここでのフロベールは、出版者ミシェル・レヴィとの駆け引きとか、サント＝ブーヴによる『サランボー』批判をなんとかしようと策をめぐらせたことなどは忘れている。

出版を売春になぞらえるという発想は、すでにスウィフトが述べている。「収納箱のなかに一篇の詩が入っていて、友人にしか見せないとしたら、それは感嘆の眼差しで見られ、わがものにしたいと思われているひとりの処女のようなものだ。これが印刷されて、出版されれば、もはやひとりの娼婦にすぎず、だれでも金でものにできるわけだ。」（『さまざまな主題について考える』）

死期が迫ったフロベールの「ぼくはもうすぐ死んで、あのボヴァリーという売女が生きることになるんだ！」という叫びについて、じっくり考えてもよさそうだ。

「私的な日記」

作家が、「私的な日記」という直接的な告白を必要とすることもある。ただし、生前か死後かは問わず、公刊を予定した手記と、本当に自分自身のために書いた手記とを区別しなくてはいけない。もっとも、後者にしても、自分自身のためだけかという点では、疑う余地があるのだが。

作家が手記を残すのは、彼に対するイメージを修正するため、あるいはもっと進んで、それに反論するためかと思える場合もままある。お人好しで親切で、気さくな感じのジョルジュ・デュアメルなどは、きわめて悪意にみちたページを残していて、そこでは特に、仲間のジュール・ロマンを一刀両断にしている。またレーモン・クノー（一九〇三―一九七六）の日記を読んでいると、あの彼が信仰を持っていて、信心家でさえあることがわかり、唖然とさせられる。何年も彼とは付き合ったが、ガリマール社で別れたあとで、彼がサン＝トマ＝ダカン教会（ガリマール社のすぐ近く）に行って、大きなロウソクを灯しているなどとは思ってもみなかった。それに、クノーが日記を付けるような男だとも知らなかった。ある日、友人といっしょのときに、話題が私的な日記に及んだことがあったのだが、クノーはいかにも満足げに、友人は自分が日記を付けていることなど思ってもいないのだと、書き記すのだ*。

日記を付ける習慣のある作家たちの前だと、わたしはいつも気詰まりになる。自分が話したことが、次の巻に載せられるのがこわいのだ。実際に、そうしたことがあったのだ。そこで、彼らの前ではもう、あえてなにもいわないようにしている。

わたしはジャン・ドノエル*というとても感じのよい人間を知っていた。彼は、ジッド、コクトー、マックス・ジャコブ、フローレンス・グールド*など、多くの人々の友人だった。控えめな人間で、小説も詩も書いてはいなかった。けれども彼は、わたしに、自分の私的な日記のことをよく話した。「ぼくはちゃんと手を打ってあるんだ。いずれ、しかるべきことがわかるはずだ」と断言するのだった。そして彼が死んだ。ところが、彼の日記はどうしても見つからなかったのである。わたしは、だれかが盗んだのだとは思わない。本当のことをあまり書きたくはないのだけれど、彼はきっと、なんとか勿体をつけたくて、書いてもいない日記をでっちあげたにちがいない。

私的な日記に関心のある人間には、フィリップ・ルジュンヌ*の調査や研究が必読だ。とりわけ、『親愛なるノート』〔一九九〇年〕と題された著作が。

日記を付けることが、死後の生に対する欲望の表明であることも多い。それだけですでに思い上がっている。自分の書簡は、出版されて、将来の世代に読まれるのにふさわしいと考える作家については、なにをかいわんやだ。そういう連中をけっこう知っていたが。

死の代用品

非常に奥深いことを見出すために、自分の人生に意味を見出すために文学に助けを求めることは、そのかなりの部分は、近代、それもバルザック以後の小説の発展に由来する。そしてプルーストに達すると、小説は永遠という観念の代理をしていると主張しても誇張ではなくなる。小説は、その命運をはっきり定めようとしている。批評家ルネ＝マリー・アルベレスが、「小説とは、死の代用品である」(『現代小説の歴史』一九六二年)と書くことができたのも、こうした理由による。

しかしながら小説は、現実を見出して、これを定着させ、あるいはリアリズムによって、現実のひとつの等価物を提示するといっても、なかなかうまくはいかない。真実とは文体、エモーション、運動のうちにあるのだ。大切なのはエモーションである。「自分が氷のように冷たいと感じているときでなければ、起筆してはならない」とチェーホフが述べてはいるものの、それでもやはりエモーションが重要だ。

良薬

書くにはエネルギーがいる。それは一仕事なのである。なにもしないほうが、ごく当たり前なのに、どうしてそんなことを無理強いするのだろうか？　それは書くことが、疲れる作業であると同時に、快楽だからだ。いや、快楽以上のものだ。書くというのは、おそらく、根本的な苦悩を飼い馴らすために、人間が手にしている唯一の手段なのだ。ジェラール・ド・ネルヴァルは、子供の頃から書いていた。とはいえ、注目すべきは、彼が早熟であったことではなく、彼が書いたテーマである。彼は主として、ロシア軍の退却に関する詩を書いていた。なぜかといえば、彼の母親は、一八一〇年の冬、シュレジエン地方で死んでいるのだ。ナポレオンの軍隊による東欧遠征なるものは、ネルヴァルの心中では母の死のイメージによって支配されていて、これがやがてオーレリア、イシス、マリアになるのである。こうした初期の詩篇は、凍てついたベレジナ川から危うく逃れた父親と一体化する試みなのでもある。

カサノヴァの知恵

生涯のほとんどの期間にわたって、書くことが、生きる理由ではなかった人々も存在する。だが、ある日突然、それが生き延びる理由になるのだ。一七九〇年、六五歳となって、ヴァルトシュタイン伯爵の司書という身分に、すなわち使用人にまで追いやられたカサノヴァ(一七二五―一七九八)の姿を想像してみよう。彼にとっては、もはや、回想録を執筆して人生を思い返す以外に、人生に期待することはなにもなかったにちがいない。「わたしが享受した快楽を思い出して、わたしはそれらの快楽をもう一度繰り返す。自分が味わった苦しみを笑うのだが、もはやそれを感じることもないのだから。」

これこそ、幸福な性格と呼べそうだ。

苦しんだ記憶や、過去の屈辱が書くことの原動力になることも多い。だが、カサノヴァみたいに、それで笑ってしまうということはめったにない。

ほかにすることがあるのだろうか？

自分がいかにして作家になったのか、書くことが人生でいかなる場所を占めているのかを、非常にみごとに、長々と説明した作家が存在する。『言葉』を書いたジャン＝ポール・サルトルにほかならない。

子供時代の彼は読書ばかりしていたから、最初は剽窃して書いたという。その読書は、デュマ、ゼヴァコなどヒーローの冒険物語だったので、彼は英雄になりたがった。パルダイヤン〔ゼヴァコの歴史冒険小説の主人公〕になりたかったのだ。だが九歳のとき、彼は自分がひ弱で、悪賢い人間であることを発見する。もう英雄にはなれそうにない。聖人にならなれるのでは？　聖人とはなんだろう？　それは作家、読者を見出すために書く作家ではなくて、人類を救済するために書く作家のことだ。こうして彼は、聖霊との対話によって、このことを議論していくのだが、それは、パスタのパンツァーニ社の有名なコマーシャル・フィルムを連想させる。「きみは書くだろう、聖霊がいった。わたしは絶望のあまり両手をよじりながら、「主よ、あなたがぼくを選んだというのは、ぼくがなにかを備えているからですか？」と聞いた。——なにも特別なものはない——では、なぜぼくなんです？——理由はない——少なくとも、すらすらと書く能力ぐらいはあるのでしょうか？——全然。きみは偉大な作品がすらすら書いて生まれたとでも思っているのか？——主よ、ぼくは実に無能な人間です。どうすれば、本を書けるのでしょうか？——書くことに打ち込むことで——では、だれでも書けるということですか？——だれでもだ。しかし、わたしが選んだのはきみなんだよ。」

それから少年サルトルは、死という問題を発見する。それは、めまいと恐怖にみちていた。だが彼は省察する。死というのは、神の恵みが果たされ、その人間がよみがえり、書物に変容するためには、必要な通り道なのだ。「墓の高みから注視すると、わたしの誕生は、必要悪のように、わたしの変容を準備する、完全につかの間の受肉のように見えてきた。生まれ変わるためには、書くことが必要だった。」

こうしてサルトルは、自分をさなぎになぞらえる。さなぎが羽化すると、蝶々がそこから飛び立って、国立図書館の棚に止まるのである。これらの蝶々とはもちろん、何千ものページをひらひらさせながら飛ぶ書物にほかならない。そして彼は、自分が長生きするべく運命づけられていると思う。長期間にわたる作品を、聖霊から頼まれたのだから。聖霊は、彼がその作品を書き終えるまで、彼を死なせるはずがない。友だちや仲間たちは、人生を味わっている。なぜならば彼らは、事故や病気といったものが、その都度、人生の流れを断ち切ることを知っているのだから。サルトルの場合は、運命の軌跡はすでに描かれている。それはあたかも、自分がすでに死んだ、すなわち、不朽の名声のうちに置かれたかのごとくだった。

「わたしは将来のために、偉大なる死者の過去を選んで、逆方向に生きようと試みた。九歳から一〇歳にかけて、わたしは完全に死後の人間になったのである。」

要するにサルトルは、自分の文学的使命を、宗教を転写する形で説明しているのだ。子供時代のファンタスムから回帰して、彼はこう締めくくる。「わたしは任を解いたものの、還俗したわけではなかった。つねに書くのだ。ほかにすることがあるのだろうか？」

「ほかにすることがあるのだろうか？」はまた、ベケットの回答でもあった。

書くことの必要について自問し、それが生きる理由をもたらしてくれるかどうかを知るというのは、怖じ気づく（アンティミダン）ような問題である（intimidant という単語には、intime が含まれているくせに）*。やけどがこわくて、その周囲をぐるぐる回ることしかできない。「ほかにすることがあるのだろうか？」というのがたぶん、譲れない最後のことばであろう。

【訳注】

172頁　**あのみじめな映画館**　グルニエの名作『シネロマン』（一九七二年）のモデルとなった映画館である。

173頁　**《N・R・F》**　《新フランス評論（Nouvelle Revue Française）》。一九〇九年創刊の月刊文芸雑誌。一四―一九年と四三―五三年休刊、五九年再刊。

175―176頁　**わたしは数年前に～起こさせたのです**　『エセー』二―・八「父親が子供に寄せる愛情について――デスティサック夫人に」。

176頁　**ロラン・ガスパール**　ハンガリー出身の詩人・翻訳家・外科医（一九二五―）。

176頁　**まず第一に～強いられるのだ**　*Faulkner à l'université* Gallimard, 1964.

177頁　**マリオン・ミルナー**　イギリスの精神分析学者（一九〇〇―一九九八）。ジョアンナ・フィールドの筆名でも執筆している。

178頁　**トーマス・ベルンハルト**　オーストリアの小説家・劇作家（一九三一―一九八九）。『消去』など。

178頁　一九六二年　グルニエの誤記で、一九六三年が正しい。

179頁　ダニエル・ペナック　フランスの小説家(一九四四―)。『人食い鬼の愉しみ』など「マロセーヌ四部作」、評論『奔放な読書』など。

179頁　パナイト・イストラティ　「バルカンのゴーリキー」と称されるルーマニアの作家(一八八四―一九三五)。『キラ・キラリナ』『アンゲル叔父』など。

180頁　フォード・マドックス・フォード　イギリスのモダニズム小説家・批評家(一八七三―一九三九)。パリで《トランスアトランティック・レヴュー》を発刊して、ジョイスやパウンドなどを積極的に紹介したことでも有名。

181頁　マリー・ド・レニエ(ルイーズの姉妹)　姉妹の父親は詩人のエレディアである。

183頁　アルベルティーヌ・サラザン　一九三七―一九六七。街娼、強盗など波乱の人生を送り獄死した。なお、自伝的小説『距骨(きょこつ)』は、一九六八年、二〇一四年と、二回映画化されている。後者は「夜、アルベルティーヌ」として、フランス映画祭(二〇一五年)で上映された(ブリジット・シィ監督)。

187頁　ミシェル・ド・ミュザン　精神分析学者(一九二一―)。

187頁　ジャン・ルード　批評家(一九二九―)。『ルイ＝ルネ・デ・フォレ論』など。

191－192頁　クノーはいかにも〜書き記すのだ　グルニエは『パリはわが町』「サン＝トマ＝ダカン広場」でも、このことを話題にしている。

192頁　ジャン・ドノエル　編集者(一九〇二―一九七六)。

192頁　フローレンス・グールド　一八九五―一九八三。アメリカ生まれだが、大富豪夫人としてフランスで暮らし、文学者たちを後援したことで知られる。

192頁　フィリップ・ルジュンヌ　「自伝」研究の第一人者(一九三八―)。邦訳に、『自伝契約』『フランスの自伝』など。

197頁　intimidantという単語には、intimeが含まれているくせに　intimeは「親密な」という意味があるのでグルニエはこういっているが、実際にはintimidantはtimide「内気な、弱気な」から来ている。

訳者あとがき

本書はグルニエの次のエッセイの翻訳である。

Roger Grenier, *Le palais des livres*, Gallimard, 2011.

その翌年に同じガリマール社の文庫「フォリオ叢書」に入っており（五四七八番）、こちらを底本とした。

ロジェ・グルニエ（一九一九―）は、ミシェル・トゥルニエ（一九二四―二〇一六）亡き後、文字どおりフランス文壇の最長老である。現役の作家として、今年も、友人であった写真家ブラッサイとの往復書簡集を刊行しているのだから感嘆するほかない（Brassaï/Roger Grenier, *Correspondance (1950–1983)*, Gallimard, 2017）。ここでは邦訳に限定して、彼の作品をリストアップしてみよう（原書の刊行年などを、〔　〕内に示した）。

『ライムライト』谷亀利一訳、早川書房、ハヤカワ文庫、一九七四年。〔チャップリンの名作のシナリオ

にもとづいて書かれた小説、一九五三年〕

『シネロマン』塩瀬宏訳、白水社〈新しい世界の文学80〉、一九七七年。〔長篇、一九七二年〕

『水の鏡』須藤哲生訳、白水社〈世界の文学〉、一九八四年。〔中篇集、一九七五年〕

『夜の寓話』須藤哲生訳、白水社、一九九二年。〔短篇集、一九七七年。その後、『編集室』と改題のうえ、〈白水Uブックス〉、二〇〇二年、として再刊〕

『チェーホフの感じ』山田稔訳、みすず書房、一九九三年。〔評伝、一九九二年〕

『フラゴナールの婚約者』山田稔訳、みすず書房、一九九七年。〔三冊の短篇集から選んだ日本版アンソロジー。なお、「フラゴナールの婚約者」は、山田稔編訳『フランス短篇傑作選』岩波文庫、一九九一年、に収められたものの再録〕

『黒いピエロ』山田稔訳、みすず書房、一九九九年。〔長篇、一九八六年〕

『フィッツジェラルドの午前三時』中条省平訳、白水社、一九九九年。〔評伝、一九九五年〕

『ユリシーズの涙』宮下志朗訳、みすず書房、二〇〇〇年。〔エッセイ、一九九八年〕

『六月の長い一日』山田稔訳、みすず書房、二〇〇一年。〔長篇、二〇〇〇年〕

『別離のとき』山田稔訳、みすず書房、二〇〇七年。〔短篇集、二〇〇六年。なお「あずまや」は、池澤夏樹編『世界文学全集Ⅲ-06』河出書房新社、二〇一〇年、に再録〕

『写真の秘密』宮下志朗訳、みすず書房、二〇一一年。〔エッセイ、二〇一〇年〕

『パリはわが町』宮下志朗訳、みすず書房、二〇一六年。〔エッセイ、二〇一五年〕

これまでに出された翻訳は合計一三点、わが国にはグルニエの作品を待ち続ける幸福な読み手が確実にいることの証拠だ。そういえば、一昔前は大学の初修外国語(第二外国語)教育では、文法を終えると、文学作品を読むのが常道となっていたが、グルニエのテクストも例外ではなかった。飯島耕一・安藤元雄編の『春から夏まで』(朝日出版社)や、わたしが編んだ『パスカル・ルヴィエールの青春』『スプーンの裏側』(ともに白水社)があって、学生の評判も上々であった。理系に進学したかつての学生とばったり出会って、すぐさま話題が、教室で読んだグルニエの短篇になったことを懐かしく思い出す。そうした教育スタイルが、ほぼ消滅してしまったのは残念至極である。

さて、一四点目の邦訳となる本書は、作家人生も終わりに近づいたグルニエが、テーマに応じて、これまで自分が読んできた文学テクストを引いたり、ジャーナリスト・作家としての経験を織り交ぜたりしながら、文学について、書くことについて思いをめぐらせたエッセイといえる。

ただし、すべて書き下ろしというわけではない。「詩人たちの国」「待つことと永遠」「未完成」の三篇は、本書と同じくガリマール社が出していた雑誌『新精神分析評論』(*La Nouvelle Revue de Psychanalyse*)の、三一号(一九八五年、特集「行為 Les actes」)、三四号(一九八六年、特集「待つことL'attente」)、五〇号(一九九四年、特集「未完の仕事 L'inachèvement」)が初出だという。

『新精神分析評論』(一九七〇—九四年)は、本書にも登場する哲学者・精神分析学者のジャン=ベルトラン・ポンタリス(一九二四—二〇一三)——ジャン・ラプランシュとの『精神分析用語辞典』(みすず書房)で有名——が主宰した雑誌で、ジャン・スタロバンスキー、ディディエ・アンジューなども編集委員であった。グルニエと同じくガリマール社の原稿審査委員をつとめ、編集顧問格でもあるポンタリスの依頼で、彼は雑誌に文学エッセイを寄稿したにちがいない。ちなみに、特集「未完の仕事」はこの雑誌の終刊号にあたってのものであり、スタロバンスキーの「彫像の眼差し」(その後、*L'Encre de la mélancholie*, Seuil, 2012に再録)や、G・ディディ＝ユベルマンのバタイユ論なども掲載されている。

また、「まだなにか、いっておくべきことがあるのか?」は、雑誌『人文科学評論』(*La Revue des Sciences humaines*, P. U. Septentrion)の二八七号(二〇〇七年、特集「最後の作品La dernière œuvre」)が初出だという。

以上四篇の初出情報は原書の巻末に記載されているのだが、念のためと思って調べてみると、「またしても、愛を書く」という短い章も、「恋愛小説」のタイトルで、次の雑誌に掲載されていたことが判明した。

Roger Grenier, Le roman de l'amour, *Liberté*, vol. 39–4, 1997, pp. 39–46.

ひょっとすると残りの章も、なにかの雑誌が初出という可能性もなきにしもあらずだけれど、つきとめられなかった。

ところで、『新精神分析評論』を創刊したポンタリスは、同じガリマール社の「ラン・エ・ロートル L'un et l'autre 叢書」の推進役でもあった。ややトリヴィアルでマニアック、そして自由な形式の評伝などが目立つ、この叢書の邦訳としては、ミシェル・シュネデール『グレン・グールド 孤独のアリア』(千葉文夫訳、筑摩書房。著者は『新精神分析評論』の同人で、一部はこの雑誌が初出)や、ジャン＝フィリップ・アントワーヌによる画家ウッチェッロの架空の伝記『小鳥の肉体』(拙訳、白水社)が思い浮かぶ。また、水林章氏の愛犬をめぐるエッセイ『メロディ』(二〇二三年)も、グルニエの序文付きで刊行されて、話題となった(邦訳はない)。実はグルニエは、このシリーズのもっとも有力な書き手ともいえ、六点も出している。この作家のエクリチュールとよほど相性がいいのだろう(邦訳は、『チェーホフの感じ』『フィッツジェラルドの午前三時』『ユリシーズの涙』『写真の秘密』の四点)。本書も「ラン・エ・ロートル叢書」に入ったとしても、まったく違和感はない。

そのグルニエのエクリチュールだけれど、「行為」というテーマを与えられた「詩人たちの国」の章では、「犯罪とは「行為におよぶこと」である」と起筆されて、「三面記事」と文学との親近性をめぐる随想が展開される。冒頭、フロイトの名前とともに、オイディプス、ライオスなどギリシア神話における「事件」が引き合いに出されるのは、『新精神分析評論』という媒体を意識してのことにちがいない。けれども、そこから先、筆致はきわめて自在である。「ソポクレスが伝え、フロイトが活用したオイディプスの悲劇は、ルポルタージュ風に書かれている」のであり、ギリシア神話も、現代の「三面記事」もその精神は同根で、異なるのは表現方法にすぎないという考えにしたがって、自身が長く身を置いてきた現代ジャーナリズムの世界における事件報道の手法へと話が進むかと思うと、ヴァレリー、ボードレール、プルーストなども適切に引用される。そして最後近く、ようやくにして、「詩人たちの国」という表現の典拠である、スタンダールにおける「三面記事」の積極的な活用が語られる。それにしても、手品師のごとく、記憶の引き出しから次から次へと事例が出てくるのには驚かされる。かくして、「想像力の欠けた人間が犯した」事件・犯罪という「行為」が、作家の想像力を刺激して、「文学」へと昇華させる様相が綴られる。こうした発想は、なぜ書くのかという問いに対して、「現実というものを手直しすることなしに、現実に耐えることができないから、書くのです」と述べたという、オルハン・パムクのノーベル賞受賞演説(二〇〇六年)が引用される、最終章「愛されるために」とも結びつく。

脱線もまた、本書の大きな魅力だ。「待つことと永遠」では、カミュ『異邦人』、ドストエフスキー『白痴』、チェーホフ、ヘンリー・ジェイムズ『密林の獣』、(わが偏愛の)ブッツァーティ『タタール人の砂漠』、カフカ、ベケット、フロベール『感情教育』、『オデュッセイア』等々がリレー式に話題となったあげく、話はなんと病院の待合室へと向かう。グルニエはかつて、有名な美容整形外科医の回想録のゴーストライターを引き受けたことがあって、待合室なる空間をじっくり観察したというのだ。この経験は、「美容整形」という短篇(『フラゴナールの婚約者』に所収)として結実している。

短篇といえば、「歯医者での三〇分」では、まさに短篇というジャンルがテーマとなる。このユニークなタイトルは、歯医者で待ったり、治療を受けたりしている時間に、気楽に読めるような短篇をこころがけているという、スコット・フィッツジェラルドの発言にちなんでいる。評伝(『フィッツジェラルドの午前三時』)を書くほど、『グレート・ギャツビー』の作家を愛好しているグルニエは、この「歯医者での三〇分」という章を、なにかにつけて「きみの短篇にぴったりですよね!」というのが口癖の友人の高名な社会学者のエピソードから始める。そして、「彼にもう一度こういわれたら、短篇など二度と書かないからな」と心の中で誓いながらも、つい彼の口癖をネタに書いてしまう、短篇作家のさがを告白する。実はグルニエは、この社会学者(ジョルジュ・フリードマンである)を考古学者に変えて、「あなたの短篇にぴったり Une nouvelle pour vous」(未訳)という短篇を書いているのである。文学を書くことをめぐるエッセイである本書は、グルニエ自身の短篇と深く結びついている。

スコット・フィッツジェラルドは、本当は長篇を書きたいのだが、なかなか書けず、金のために多くの短篇を雑誌に書いたと告白している。この点において、グルニエは異なっている。『シネロマン』など優れた長篇もあるとはいえ、いずれも初期から中期にかけてであり、その後の『黒いピエロ』や『六月の長い一日』は、やや長めの中篇と呼んでもおかしくない。彼はやはり、本質的に短篇作家なのだと思う。「あなたの短篇にぴったり」の主人公が、自分を長距離ランナーではなく、短距離走者として規定しているが、これはグルニエ本人のことだ。ところが、どの出版社からも「読者は短篇というジャンルにはあまり魅力を感じないのですよ」といわれてしまうというのも、グルニエの実際の経験に由来するのだろう。でも彼は、ガリマール社で働きながら、好きだからと短篇やエッセイを書き続けるのである。『パリはわが町』の「あとがき」でも書いたように、『シネロマン』を始めとする長篇小説を書いていた彼は、長い年月を経た後に短篇小説と断章形式のエッセイという世界にたどり着いたといえる。

アメリカ文学では、ハーマン・メルヴィルも好きな彼は、『パリはわが町』で、『白鯨』の作家のパリ滞在のことを書いていたけれど(「ビュシ通り一二～一四番地」)、本書では、「おさらばすること」の最後において、中篇「書記バートルビー」に言及する。ブランショ、デリダ、ドゥルーズ、アガンベン等々、錚々たる面々がこの作品を俎上に載せていることでも名高い中篇。でも、グルニエはそんなことは百も承知で、この作品は「かつては幸福なる少数者から深く愛された存在であったのだが、現在では、これでもかとばかりに引用され、食いものにされている感がある」と述べてから、「そうしないほうが好ましいのですけれど」と常に答えるバートルビーを、作家(書く人々)の守護神としてさりげなく引き合いに出すのである。ともあれ、本書には、現代思想のスターたちは稀にしか姿を現さないし、理論的な考察もほとんどない。

テーマに合わせて自由自在に、時には小見出しを立てて、ぷつんぷつんと筆を走らせていくという、彼の評伝やエッセイでのスタイルが貫かれているわけで、読者もこれを大いに楽しみたい。

彼がガリマール社の原稿審査委員として重鎮であることはすでに述べたが、本書における文学作品の引用は、同社の「プレイヤード叢書」からが圧倒的に多い。そんなこともあって、タイトルの「書物の宮殿」とは、「プレイヤード叢書」のことを暗示しているのかなと思ってしまう。一九三〇年代に発刊された、このコンパクトな文学全集は、フランス文学はもちろん、ギリシア・ローマから現代までの世界の文学をカバーして、通算八〇〇巻になろうとしている。フランス文学はもちろん、ドストエフスキーもコンラッドもカフカも、このシリーズから引かれている。あるいは、「書物の宮殿」は、フランスにおいて文学出版の世界で君臨するガリマール社の象徴かもしれない。ガリマール社には「図書室」があるというから、その壁面は「プレイヤード叢書」を始めとする文学書で埋めつくされているにちがいない。グルニエは、この「書物の宮殿」の住人にほかならないのである。もうひとつ、「宮殿 palais」は、「口蓋、味覚 palais」との語呂合わせなのかもしれない。その場合は、「書物の味わい」といった意味合いになろう。ただし、最終章「愛されるために」で、書棚を神殿にたとえるサルトルの文章(『言葉』)が引かれていることもあって、「書物の宮殿」と訳しておいた。

本書では、文学テクストの引用に際して、出典が注記されている場合もあれば、そうでない場合もある。もっとも、出典が示されていても、「『白痴』、プレイヤード版」の何ページといった具合であるから、邦訳の読者にはあらずもがなの注ということにしかならず、こうした場合には、単に〔『白痴』〕とだけ注記を加えてある。グルニエが出典を記していなくて、訳者が注記したところも多い。本文中の注記にするとわずらわしいと思われたものは後注に回したが、後注は基本的に訳注と考えていただいてさしつかえない。また、作品の刊行年、作家の生没年なども、グルニエ本人が文中に入れている場合もあり、それは（　）となっているが、訳者が入れたものについては〔　〕を用いている。

とにかく、ざっくばらんなスタイルのエッセイなのだから、読みやすさに主眼を置いて、注を付してある。そこには訳者個人の好みが反映しているおそれもなくはないが、ご容赦願いたい。古今の文学テクストからの引用は、原則として拙訳によった。例外はボードレールで、さまざまな作品が引かれるので、阿部良雄先生単独訳による『ボードレール全集』（筑摩書房）を使わせていただいた。

なお、プルースト『失われた時を求めて』における「マルセル」というファースト・ネームの出現回数に関しては（本書九四頁）、岩波文庫で翻訳を手がけている畏友吉川一義に問い合わせて確認することができた。また、パヴェーゼが高校生の時に書いた詩（五〇頁）は、フランス語の研究書から引用されていて同定できなかったが、村松真理子さんに、現在ピサの高等師範学校でパヴェーゼを研究している小檜山明恵さんを紹介していただき、作品をつきとめることができた。お三方には、心から感謝したい。

翻訳にあたっては、次の英訳を参照した。

Roger Grenier, *Palais of Books*, tr. by Alice Kaplan, The University of Chicago Press, 2014.

編集には、柿原寛さんの手をわずらわせた。注の付け方などについても、貴重なアドバイスをいただいた。ありがとうございました。

拙訳によるグルニエは、これで四冊目となったが、いずれもエッセイである。もしも次の機会があれば、短篇集を訳してみたい。とはいえ、「あなたの短篇にぴったり」の主人公みたいに、いや短篇集は読者に歓迎されないんですよと、いわれてしまうのかもしれないが。

二〇一七年九月

宮下志朗

ロジェ・グルニエ　Roger Grenier
フランスの小説家・ジャーナリスト・放送作家.
1919年9月19日, ノルマンディー生まれ. 《コンバ》紙の記者, 《フランス・ソワール》紙編集部を経て, 1963年からガリマール社編集委員.
小説：『シネロマン』(白水社), 『黒いピエロ』『六月の長い一日』(以上, みすず書房)など.
エッセイ：本書訳者による『ユリシーズの涙』『写真の秘密』『パリはわが町』(以上, みすず書房)のほか, 『チェーホフの感じ』(みすず書房), 『フィッツジェラルドの午前三時』(白水社)など.

[訳者]
宮下志朗
1947年東京生まれ. 東京大学名誉教授. 放送大学特任教授. 専攻はルネサンス文学・書物の文化史.
著書：『神をも騙す――中世・ルネサンスの笑いと嘲笑文学』『カラー版 書物史への扉』(以上, 岩波書店), 『本の都市リヨン』(晶文社, 大佛次郎賞), 『ラブレー周遊記』(東京大学出版会), 『パリ歴史探偵術』(講談社現代新書)など.
訳書：ラブレー『ガルガンチュアとパンタグリュエル』(全5巻, ちくま文庫, 読売文学賞・日仏翻訳文学賞), モンテーニュ『エセー』(全7巻, 白水社), ナタリー・Z・デーヴィス『贈与の文化史――16世紀フランスにおける』(みすず書房)など.

書物の宮殿　ロジェ・グルニエ

2017年10月24日　第1刷発行

訳　者　宮下志朗（みやしたしろう）

発行者　岡本　厚

発行所　株式会社 岩波書店
〒101-8002 東京都千代田区一ツ橋2-5-5
電話案内 03-5210-4000
http://www.iwanami.co.jp/

印刷・理想社　カバー・半七印刷　製本・牧製本

ISBN 978-4-00-061223-4　Printed in Japan